Yuri Suhl
wurde in Polen geboren und kam als Kind in die USA. Seine schulische Laufbahn ist typisch für seine Generation der Einwanderer. Während er tagsüber in allen möglichen Jobs arbeitete, ging er abends zur Schule. Während der Depressionsjahre verkaufte er Obst von einem Karren herab. Yuri Suhl schrieb sowohl in Jiddisch wie in Englisch. Neben Gedichten, Kinderbüchern und historischen Werken verfaßte er zwei Jugendbücher, die während des 2. Weltkriegs in Osteuropa spielen und Erlebnisse von Überlebenden verarbeiten.

Lektorat: Käthe Fleckenstein
Umschlaggestaltung: Milena Vrtalova

Von diesem Buch erscheint eine Schulausgabe. Informationen über die Schulausgaben des Alibaba Verlags erhalten Sie in jeder Buchhandlung oder direkt beim Verlag:
Alibaba Verlag, Nordendstraße 20
D-60318 Frankfurt am Main

Copyright:
David soll leben
Originaltitel: On the other Side of the Gate
aus dem Englischen übersetzt von Abraham Teuter
© 1975 by Yuri Suhl
© 1996 deutsche Ausgabe by Alibaba Verlag GmbH, Frankfurt am Main
Satz: Satzstudio Zeil, Frankfurt am Main
Druck: Druckerei Dan, Ljubljana, Slowenien
Printed in the Republic of Slovenia
ISBN 3-860 42-199-9 (Buchhandelsausgabe)
ISBN 3-860 42-212-X (Schulausgabe)

Yuri Suhl

David soll leben

übersetzt von
Abraham Teuter

Alibaba Verlag
Frankfurt am Main

Dieses Buch ist der Erinnerung an die
1 200 000 jüdische Kinder gewidmet,
die in den Ghettos und Lagern
von den Nazis umgebracht wurden.

Erster Teil

I

Es war die erste Nachricht beim Erwachen der kleinen Stadt am 1. September 1939: Hitlers Armee hatte die polnische Grenze überschritten. »Überfall auf Polen!«, so hieß die Balkenüberschrift der einzigen Zeitung der Stadt. Und darunter stand, in kleinerer Schrift: »Die Regierung hat den Notstand ausgerufen. Das Volk wird zu den Waffen gerufen, um dem Feind entgegenzutreten. Der Bürgermeister von Warschau ruft dringend dazu auf, Ruhe zu bewahren. Die Bürger werden aufgefordert, Barrikaden zu errichten.«

Der Stadtplatz war bald voller Menschen, die in Gruppen dastanden und redeten, durcheinanderliefen und wieder redeten. An der Wasserpumpe, die mitten auf dem Platz stand, blieben diejenigen stehen, die ihre Behälter schon gefüllt hatten, um mit denen zu reden, die darauf warteten, bis sie an der Reihe waren. Natürlich waren es alles nur Spekulationen. Keiner wußte Genaueres als sein Nachbar. Aber dennoch, jeder wollte hören, was der andere zu sagen hatte. Hatten sie dann gesagt und gehört, was zu reden und hören war, erinnerten sie sich, daß Arbeit wartete, gingen nach Hause, und andere nahmen ihren Platz ein.

Nur Mendel, der Wasserträger, trödelte nicht an der Pumpe. Er konnte es sich nicht leisten, Zeit mit Schwätzen zu vergeuden. Seine Kunden warteten. Sobald seine Kanister gefüllt waren, machte er sich auf den Weg. Seine kurze schwere Gestalt war vom Gewicht der Kanister gebeugt, die vom hölzernen Joch auf seinen Schultern zu beiden Seiten herabhingen. Gewichtig bewegte er sich durch die ungepflasterten, schlammigen Straßen der Stadt, als wäre dies ein ganz gewöhnlicher Tag in seinem Leben, ein Tag, der mit dem Sonnenuntergang endete, wenn es Zeit war, zum Abendgebet in die Synagoge zu gehen.

Aber seine Kunden hielten ihn an diesem Tag mit ihren Fragen auf. »Nu, Reb Mendel«, wollten sie wissen, »was haltet Ihr von den heutigen Neuigkeiten?« Nicht, daß sie Erleuchtung von einem Wasserträger erwarteten. Aber es lag Gefahr in der Luft. Hitler – möge sein Name ausgelöscht werden von dieser Erde – ließ seine Horden in Polen eindringen. In solchen Zeiten brauchte jeder Jude ein beruhigendes Wort eines anderen Juden, selbst wenn dieser nur der Wasserträger war.

»Was kann man da sagen?« Mendel hob fragend die Schulter. »Wir haben einen großen Vater im Himmel, und er wird uns nicht alleine lassen. In meinem Leben habe ich sie kommen und gehen sehen – die Kosaken, die Denikins, die Petluras. Jetzt sind es die Deutschen. Wir haben früher unsere Feinde überlebt, wir werden sie jetzt überleben.« Der Drang, Mendels Worten zu glauben, war so stark, daß der einfache Wasserträger wie ein Prophet wirkte. Und zu der Hoffnung dieses frommen Juden fügten sie ihre eigene – die ›Welt‹. Die Welt, so sagten sie sich selber und allen anderen, wird nicht untätig dabeistehen und zulassen, daß dieser Verrückte Polen verschlingt. Wenn er das schafft, werden andere Länder folgen. Zum eigenen Schutz muß sich die Welt Hitler in den Weg stellen.

In der Zwischenzeit rollten die deutschen Panzer weiter durch Polen, und die deutschen Flugzeuge warfen Bomben auf Warschau, um die Stadt mürbe zu machen, bereit für die Kapitulation. Und die Welt applaudierte den Bürgern der polnischen Hauptstadt für ihr tapferes Ausharren auf den Barrikaden.

Die Welt applaudierte, und Warschau fiel. Und Lodz. Und Krakau. Und alle anderen Städte und Dörfer, die von den Eindringlingen überrollt wurden. Eines Morgens, spät im September, marschierte eine Abteilung der Wehrmacht auch in die kleine Stadt. An ihrer Spitze fuhr ein großer Panzer, auf dem die Hakenkreuzfahne wehte. Die Stadt wurde erobert, ohne daß ein Schuß fiel. Der Panzer hielt mitten auf dem Platz, wenige Meter von der Wasserpumpe entfernt.

Bald war der Platz vollständig mit Menschen gefüllt, die aus ihren Häusern gerannt waren, um einen Blick auf die Eroberer zu werfen. Diejenigen, die an der Wasserpumpe standen, saßen in der Falle. Mendel aber hatte es irgendwie gerade noch geschafft, mit seinen gefüllten Kanistern davonzukommen. Die Leute blieben stehen, um diesem seltsamen Juden hinterherzustarren, der seinem Geschäft nachging, als wäre nichts Besonderes geschehen. Alle rannten auf den Stadtplatz, und er ging davon!

Den Juden, die hinter verriegelten Türen zu Hause

geblieben waren und durch einen Spalt im Vorhang aus den Fenstern lugten, bot der vertraute Anblick des Wasserträgers mit seinen vollen Behältern einen vorübergehenden Moment der Erleichterung. Wenn Mendel da draußen war und seine Besorgungen verrichtete, vielleicht war dann alles doch nicht ganz so schlimm.

Eine Militärkapelle donnerte das »Deutschland, Deutschland über alles« über den Platz, während die Offiziere und Soldaten strammstanden. Als die Musik schwieg, stieg Major Kurt von Holtzer, ein hochgewachsener, drahtiger Mann Anfang Vierzig, aus einem offenen grauen Wagen. An seiner Seite erschien ein junger blonder Leutnant. Der Major befestigte einen altmodischen Kneifer auf der Nase, ließ den Blick über die Menge schweifen, bis atemlose Stille auf dem Platz herrschte. Dann nahm er ein Papier aus seiner Manteltasche und las mit heller, fast schriller Stimme etwas auf deutsch, das der Leutnant zwischendurch ins Polnische übersetzte:

Ich grüße Sie im Namen des Führers und des Dritten Reiches. Für den Augenblick habe ich zwei wichtige Anordnungen. Erstens: Alle Waffen und Munition, die sich im Besitz von Privatpersonen befinden, müssen ebenso wie die Kurzwellenradios innerhalb von drei Tagen der Besatzungsmacht ausgehändigt werden. Wer diesem Befehl nicht nachkommt, wird mit dem Tod bestraft. Zweitens: Hiermit ordne ich eine Ausgangssperre an, die um acht Uhr abends beginnt und bis zum nächsten Morgen um fünf Uhr gilt. Jeder, der während der Zeit der Ausgangssperre angetroffen wird und keine Genehmigung einer autorisierten Behörde vorweisen kann, wird auf der Stelle erschossen.

Alle weiteren Anordnungen werden auf deutsch und polnisch angeschlagen.
Wer den Anordnungen der Besatzungsbehörde Folge leistet, hat nichts zu befürchten.
Für den Augenblick ist dies alles.

Es gab keinen Beifall, und das Schweigen hielt an, bis der Major wieder seinen Wagen bestiegen hatte und davongefahren war.

Mendel war in der Zwischenzeit auf den Platz zurückgekehrt. Er hatte am Rand der Menge gestanden, zu Beginn der Rede des Majors die Hand an das rechte Ohr gelegt und angestrengt zugehört. Was der Deutsche gesagt hatte, habe mit ihm nichts zu tun, dachte Mendel. Er hatte weder Waffen noch ein Kurzwellenradio, das er abgeben konnte, und nach Sonnenuntergang machte er auch keine Liefergänge. Gegen acht schickte er sich üblicherweise an, ins Bett zu gehen.

Die Menschen waren eben noch wie erstarrt, jetzt wogte die Menge hin und her; alle redeten wild aufeinander ein. Mendel nahm seine Kanister am Griff und ging seitwärts auf die Pumpe zu. Als er dort ankam, hatte sich schon eine Schlange gebildet. Er stellte sich an und ließ den Blick über den Platz schweifen.

Er beobachtete, wie sich die Soldaten ungezwungen unter das Volk mischten, mit den Mädchen schäkerten und den Kindern Schokolade schenkten. So war es auch 1914 gewesen, erinnerte er sich. Als die Kosaken die Stadt eroberten, hatten sie auch mit den Mädchen geschäkert und den Kindern Kekse geschenkt. Später hatten sie jüdische Frauen vergewaltigt und jüdische Geschäfte geplündert. Damals konnten die Juden zumindest noch auf die Armee des Kaisers hoffen, die die Zaristen vertreiben würde. Aber wer wird Hitlers Teufel vertreiben? fragte er sich.

»Du bist dran.« Der Mann hinter ihm unterbrach seine Gedanken. »Worauf wartest du noch?«

Wirklich, worauf wartete er noch, auf den Messias? Das Herz voller Sorgen nahm er einen leeren Kanister und stellte ihn unter den Wasserhahn. Er hatte mehr tröstende Worte für seine Kunden als für sich selber.

Er würde sich aber nicht drängen lassen, schneller als sonst zu pumpen, nur weil die Deutschen die Stadt erobert hatten und sich deshalb eine Menge Leute auf dem Platz versammelt hatten. Nach mehr als dreißig Jahren als Wasserträger hatte er seine eigene Methode, das Wasser aus der Tiefe der Erde zu pumpen. Den linken Fuß fest nach vorne gestellt, mit der schweren Hand den eisernen Schwengel umfaßt, drückte er ihn kräftig, aber doch ohne Anstrengung nach unten, und ein Strahl ergoß sich aus dem Wasserhahn. Sein Körper bewegte sich im langsamen, gleichmäßigen Rhythmus vor und zurück, als würde er sich im Gebet wiegen. Und er hörte rechtzeitig auf. Nie ließ er das Wasser überfließen. Das wäre eine Vergeudung dieses Geschenks der Erde gewesen.

Gerade als Mendel den vollen Kanister unter der Pumpe hervorgezogen hatte, schlug ihm jemand die Kappe mit solcher Wucht vom Kopf, daß sie einige Meter entfernt zu Boden fiel. Verblüfft drehte er sich um und suchte den Boden ab, während er mit der linken Hand den Kopf bedeckt hielt. Mendel war ein gläubiger Jude und würde nicht einen Moment barhäuptig stehen, wenn er es verhindern konnte. Er entdeckte seine Kappe und war dabei, sie aufzuheben, als ein hochgewachsener Junge mit bleichen Haaren ihm zuvorkam.

»Hier, du verlauster Jude!« Herausfordernd ließ der Junge die Kappe vor Mendel baumeln. »Hier, nimm sie dir.« Aber in dem Moment, als Mendel danach greifen wollte, warf der Junge sie seinem Kumpanen zu, einem pickelgesichtigen Sechzehnjährigen. Der hielt sie, bis Mendel fast bei ihm war, und warf sie dann wieder zu seinem Freund zurück. Und so wanderte die Kappe, begleitet vom Johlen der Menge, wie ein Ball von einem zum anderen und wieder zurück. Währenddessen waren einige Soldaten auf den Panzer geklettert und hatten ihre Fotoapparate auf die Szene gerichtet.

Mendel war klar, daß es hoffnungslos war; er würde seine Kappe nie zurückbekommen. Warum also den Gojim ein Spektakel zu ihrer Unterhaltung bieten? Warum sich ihrem Gelächter aussetzen? Andererseits wollte er nicht wie ein Ungläubiger barhäuptig durch die Straßen gehen. »Gott ist mein Zeuge, daß es nicht meine Schuld ist«, murmelte er. Er würde den zweiten Kanister füllen und erst mal nach Hause gehen, eine andere Kappe suchen, und wenn es die wäre, die er am Schabbat trug, und dann seine Auslieferung fortsetzen.

Er wollte gerade nach dem leeren Kanister greifen, als er von hinten eine Stimme hörte. »Warum gebt ihr ihm nicht die Kappe zurück? Ihr solltet euch schämen, einen Mann, der nichts getan hat, so zu schikanieren.« Es war eine ältere, zerbrechlich aussehende Frau, eingehüllt in einen schwarzen Schal, der ihren Kopf bedeckte und das kleine, vogelartige Gesicht umschloß.

»Kümmere dich um deine eigenen Angelegenheiten, du alte judenverliebte Vogelscheuche«, erwiderte einer der Jungen und streckte der alten Frau die Zunge heraus.

»Du benimmst dich wie ein Rüpel und sprichst wie ein Rüpel. Gib dem Mann seine Kappe wieder, sag ich dir!« Sie zitterte am ganzen Körper, als hätte sie alle Kraft in die Stimme gelegt; und einen Augenblick lang hing ihr Befehl wie eine allgemeine Drohung in der Luft, als gelte sie nicht nur den beiden Jungen, sondern der Menge insgesamt. Einen Augenblick lang schienen sich diejenigen, die eben noch gekichert und gelacht hatten, ihrer selbst nicht mehr sicher.

»Hier: Du gibst sie ihm«, sagte der Junge und hielt ihr die Kappe hin, als wollte er sie ihr geben. Mit ausgestreckter Hand begann die Frau auf ihn zuzugehen, während der zweite Junge ihr leise hinterherkam. Der Junge ließ sie bis auf eine Armlänge herankommen, bevor die Kappe wieder zum Spielball wurde, über den Kopf der Frau hin und her flog, bis plötzlich ein Mann in einer Eisenbahneruniform auftauchte und die Kappe aus der Luft fischte.

Die beiden Jungen waren schon dabei, sich auf ihn zu stürzen, aber etwas hielt sie zurück. Vielleicht die Uniform. Jede Uniform, selbst die eines Eisenbahners, wirkte einschüchternd. Vielleicht war es auch der Blick des Mannes, der zu sagen schien: »Versucht es nur, und ihr werdet was erleben.« Sie trauten sich nicht. Ein paar Gemeinheiten vor sich hin murmelnd, verschwanden sie in der Menge.

Der Eisenbahner gab Mendel seine Kappe und sagte: »Folgen Sie meinem Rat. Nehmen Sie Ihre Kanister und gehen Sie. Diese Rabauken sind auf Ärger aus.«

»Vielen herzlichen Dank«, antwortete Mendel und zog die Kappe fest auf den Kopf, als wollte er sie gegen zukünftige Gefahren sichern. »Ich fülle nur noch den zweiten Kanister auf.«

»Gehen Sie jetzt«, drängte der Mann. »Wenn ich Sie wäre, würde ich so schnell wie möglich von hier verschwinden.«

Es schmerzte Mendel, einen vollen Kanister einfach auszuleeren; es war eine Sünde. Aber der Mann hatte recht. Er sollte sofort gehen. Im Augenblick war dies kein Ort für einen Juden. Zum ersten Mal in all den Jahren als Wasserträger ging er mit leeren Kanistern von der Pumpe weg.

Da nichts ihn niederdrückte, hätte er leicht rennen, zumindest seine Schritte beschleunigen können. Aber er beschloß, mit denselben bedächtigen Schritten zu gehen wie sonst. Leere oder volle Kanister, Mendel rennt nicht. Dieses Schauspiel wollte er ihnen nicht bieten. Er näherte sich dem Panzer, bald würde er daran vorbei sein und den Platz verlassen haben. Wohin wären die nächsten Bestellungen gegangen? Er konnte sich nicht erinnern. Egal, welchen Unterschied machte es auch? Heute hatte er nichts zu bringen. Wären die Kanister voll gewesen, hätten sie ihm wie von alleine den Weg gewiesen.

»*Jude! Stehenbleiben!*« brüllte einer der Soldaten ihm vom Panzer herab zu. Mendel ging weiter. Ein Hund bellt. Laß ihn bellen. Ein Soldat erschien in der Menge und versperrte ihm den Weg. »*Wenn ein Deutscher dir etwas befiehlt, hast du zu gehorchen, du Schweinejude!*« bellte der Soldat und schlug Mendel ins Gesicht. Mendel blieb bewegungslos stehen, fixierte den Soldaten mit den Augen, die rechte Hand umfaßte den Griff des Kanisters, als müßte er sie dort festhalten, damit sie nicht zurückschlug. Sollte er jetzt weitergehen oder warten, bis ihm dies befohlen wurde? Er beschloß zu warten. Warum sollte er diesem Antisemiten einen Vorwand geben, ihn wieder zu schlagen?

»*Schneid ihm den Bart ab!*« rief einer der Soldaten vom Panzer herab.

»*Ja, ja!*« riefen die anderen und deuteten auf ihre Kinnspitze.

Der Soldat, der Mendel gegenüberstand, nahm sein Bajonett aus der Scheide und griff mit der linken Hand nach Mendels Bart. Mit einem Kopfruck machte Mendel sich frei, ließ aber ein Büschel Haare in der Hand des Deutschen zurück. Er trat zur Seite, aber der Deutsche faßte ihn am Mantel und zog ihn zurück. »*Nicht so schnell, Jude. Nicht, bevor du gestutzt worden bist.*« Er schnappte den Bart und hielt ihn fest. Gerade wollte er mit dem Bajonett schneiden, als ein Soldat vom Panzer herabrief: »*Langsam, langsam.*« Der Soldat unten reagierte auf den Zuruf mit einem Zwinkern und Nicken und fing an, mit dem Bajonett langsam auf Mendels rötlichem Bart auf und ab zu fahren, als hielte er eine Säge. Die Fotoapparate klickten.

Einige der Umstehenden näherten sich der Gruppe. Der Bart eines Juden war schon immer ein verführerisches Ziel zum raschen Ziehen oder Rupfen gewesen, aber kaum einer hatte es gewagt, tatsächlich diesen Bart zu schneiden. Jetzt sollte dies vor ihren Augen geschehen. Ein Anblick, den man nicht versäumen sollte.

Vielleicht ist es nur ein Spiel, das sie spielen? dachte Mendel. Wofür brauchen sie meinen Bart? Sie wollen nur noch mehr Fotos von einem Soldaten, der einem Juden den Bart abschneidet. Deshalb sind sie da oben so mit ihren Fotoapparaten beschäftigt. Na gut. Soll er mit seinem Bajonett herumfummeln. Sollen sie ihre Aufnahmen haben, wenn sie nur meinen Bart in Ruhe lassen. Was das Gelächter der Leute angeht, ... Hunde bellen, also laßt sie bellen. Er beschloß stehenzubleiben, bis der Spaß vorüber war. Danach würde er sich auf den Weg machen.

Plötzlich hörte der Soldat auf, mit dem Bajonett nur herumzufuchteln, griff weiter oben, direkt unter dem Kinn, nach dem Bart und zog ihn so straff, daß selbst die stumpfe Klinge schnitt. »Nein! Nicht den Bart!« schrie Mendel auf. Er war ein Jude, und zu einem Juden gehörte sein Bart, genauso wie die Beachtung der Schabbatgebote und der Besuch der Synagoge. Ohne Bart zu sein, war unvorstellbar. Er faßte nach dem Handgelenk des Soldaten und drehte es mit solcher Kraft, daß das Bajonett aus der Hand fiel.

Ein Flüstern ging durch die Menge. Die Soldaten, die auf dem Panzer gehockt hatten, sprangen auf. Einer von ihnen legte den Fotoapparat weg und riß die Pistole hoch. Er zielte auf Mendel und feuerte. Einen Augenblick lang stand Mendel da, starrte den Soldaten an, der auf ihn geschossen hatte, und dachte, er würde sich dem Tod verweigern. Dann sackte er nach hinten weg und fiel schwer auf das Kopfsteinpflaster. Bewegungslos lag er zwischen seinen beiden leeren Kanistern und dem hölzernen Joch; seine Augen halb geöffnet, sein Bart halb abgeschnitten, seine Kappe lag unter seinem Kopf.

Die Menge stand still, als wäre sie zu erschrocken, sich zu bewegen. Die Frau, die Mendel zu Hilfe gekommen war, trat an seinen Körper und blieb mit traurigen Augen stehen. »Jesus Maria«, flüsterte sie, bekreuzigte sich, wandte sich ab und ging. Verhüllt in dem schwarzen Schal wirkte sie wie eine Frau, die Trauer trug.

Der Soldat nahm sein Bajonett auf und stieß es in den Schaft zurück. Der Soldat auf dem Panzer steckte die Pistole zurück in die Tasche und griff nach dem Fotoapparat. Er beugte sich vor und richtete die Linse auf den leblosen Körper und machte eine Aufnahme.

2

Mitte November verbreitete sich das Gerücht, von Holtzer plane, alle Juden der Stadt in ein Ghetto zu stecken. Es konnte jeden Tag losgehen. Die Tage vergingen, und es geschah nichts. Das Gerücht aber blieb.

Für die Juden waren Gerüchte nichts Neues. Ein Jude wacht jeden Morgen mit einem neuen Gerücht auf, und wenn er abends ins Bett geht, hatte es sich versechsfacht. Die Gerüchte verdankten ihre Existenz dem unsicheren Dasein unter der deutschen Besatzungsmacht. Und auch wenn sich nicht alle Gerüchte als wahr erwiesen, wurden doch so viele antijüdische Verordnungen in Kraft gesetzt, denen Gerüchte vorausgegangen waren, daß die Juden es sich nicht leisten konnten, auch nur ›ein‹ Gerücht als Geschwätz abzutun.

Das Ghetto-Gerücht war besonders alarmierend, denn wenn es sich als wahr erweisen würde, bedeutete das den Verlust jener grundsätzlichen Sicherheit in ihrem gefährdeten Leben, die ein eigenes Heim bedeutete. Auch wenn jedes Klopfen, jeder unbekannte Fußtritt im Hausflur einen mit Panik erfüllte, endete der Tag doch in einem eigenen Heim, saß man am eigenen Tisch, schlief im eigenen Bett. Dies alles verschaffte ein Gefühl der Sicherheit, das Hoffnung auf bessere Zeiten zuließ. Aber ein Ghetto! Es wäre der erste Schritt in das Exil.

Fragte man den *Judenrat*, den von Holtzer eingesetzt hatte, reagierte der ausweichend: »Wenn wir es wissen, werdet ihr es auch wissen.«

»Und in der Zwischenzeit?«

»In der Zwischenzeit kümmert ihr euch um eure Angelegenheiten.«

Einige hielten dies für den Beweis, daß der *Judenrat* Bescheid wußte. Dies waren Juden, die dem *Judenrat* mißtrauten. Sie betrachteten ihn als ein Werkzeug der Deutschen, als von Holtzers Laufburschen. »Ein anständiger Jude läßt sich nicht mit diesen Nazi-Henkern ein«, meinten sie und verwiesen auf den Rabbi und Dr. Weiss, den Leiter des jüdischen Krankenhauses, die es beide abgelehnt hatten, im *Judenrat* mitzumachen.

Aber nicht alle standen diesen zwölf Männern so kritisch gegenüber, an deren Spitze der Rechtsanwalt Mauricy Gewirtzer stand, ein assimilierter Jude. Dies seien schwierige Zeiten, so argumentierten sie, und man sollte besser über Juden mit den Deutschen zu tun haben, als mit ihnen direkt. Als Beispiel führten sie an, daß Juden nicht länger einfach von der Straße weg zur Zwangsarbeit verschleppt wurden. Der Ablauf war jetzt so, daß die Deutschen täglich eine bestimmte Anzahl von Juden vom *Judenrat* bekommen sollten, und der *Judenrat* kümmerte sich darum, daß die entsprechende Zahl geliefert wurde. War dies keine Verbesserung?

»Stimmt«, antworteten die Kritiker. »Aber wer profitiert davon? Diejenigen, deren Name nie auf der ›Zwangsarbeiter‹-Liste auftauchte, weil sie sich mit Bestechung loskaufen konnten oder einfach die richtigen Leute kannten. Wie immer tragen die Armen und Hilflosen den größten Teil der Last.« Die Mehrzahl der Juden stand dem *Judenrat* eindeutig kritisch gegenüber.

In der Zwischenzeit waren alle möglichen Spekulationen aufgetaucht. Einige waren davon überzeugt, daß ganz bestimmte Polen das Gerücht ausgestreut hatten, damit die verschreckten Juden ihren Besitz schnell und billig verkauften. Deshalb, so sagten sie, würden sie fest bleiben, den Deutschen nicht in die Hände spielen. Andere folgten der schlichten Weisheit, daß da, wo es Rauch gibt, auch Feuer sein muß, und begannen, einige ihrer Möbel und Wertgegenstände zu verkaufen. Warum sollte man warten, bis sie den Deutschen in die Hände fielen? Die Logik war eindeutig: In solch unsicheren Zeiten waren Bargeld und Schmuck der praktischere Besitz. Man kann sie in die Kleider einnähen, und, wo immer man auch hingeht, bei sich am Körper tragen. Andererseits... Immer gab es ein *Andererseits*, das ganz davon abhing, mit wem man gerade sprach.

Irgendwann in diesen unsicheren Tagen kam ein junger Mann, Herschel Bregman, den vorgeschriebenen Davidstern am Ärmel aufgenäht, von der Arbeit nach Hause und fand seine Frau, Lena, weinend vor. Dies war nicht das erste Mal. Jeder Tag brachte neue Verordnungen, die den Juden das Leben schwerer machen sollten, und das Krankenhaus, in dem Lena als Schwester arbeitete, bildete keine Ausnahme. An einem Tag wurden alle Juden in leitenden Stellen durch Polen ersetzt. An einem anderen Tag wurde dem langjährigen Chefarzt, Dr. Weiss, ein polnischer Chirurg vor die Nase gesetzt, der halb so alt war wie Weiss und ihm jetzt Weisungen erteilte. Darüber hinaus wurde ihm verboten, arische Patienten zu behandeln, es sei denn, es gab dafür eine spezielle Genehmigung von dem deutschen Arzt aus von Holtzers Stab, der zum eigentlichen Chef des Krankenhauses geworden war. Dieselbe Anordnung galt auch für Lena, die, obwohl sie eine ausgebildete und erfahrene Krankenschwester war, bei arischen Patienten nur als einfache Pflegerin tätig sein durfte.

»Was ist passiert?« fragte Herschel. »Was haben sie sich heute wieder ausgedacht?«

Lenas Antwort überraschte ihn. »Es hat nichts mit dem Krankenhaus zu tun. Es geht um mich.«

»Um dich? Ich verstehe dich nicht.«

»Dr. Weiss hat mich untersucht und schlägt eine Abtreibung vor.«

»Stimmt etwas nicht mit der Schwangerschaft?«

»Nein.« Sie schüttelte den Kopf. »Es ist nicht die Schwangerschaft. Es ist die Zeit, in der wir leben«, sagte sie und brach in Tränen aus.

Er setzte sich neben sie, griff nach ihrer Hand und streichelte sie sanft. »Sag mir genau, was er gesagt hat, Lena«, bat er.

»»Wenn ich Sie wäre, würde ich es mir genau überlegen, bevor ich ein neues Leben in eine Welt wie diese setze. Vor zwei Monaten, als Sie erfuhren, daß Sie schwanger sind, war es schon schlimm, aber noch lange nicht so schlimm wie jetzt. Ein Säugling braucht Nahrung. Die richtige Nahrung. Das gilt auch für die Mutter. Und die

Deutschen sind darauf aus, uns zu Tode zu hungern. Und es ist nicht nur das Essen. Männer werden zur Zwangsarbeit weggeschleppt und verschwinden. Über Nacht werden Frauen zu Witwen und Kinder zu Waisen. Gott weiß, was geschehen wird, wenn sie uns in ein Ghetto schleppen und von der Außenwelt abschneiden. Dann könnte es zu spät für eine Abtreibung sein. Deshalb sage ich, machen Sie es jetzt. Sie sind beide jung. Der Krieg wird nicht ewig dauern. Haben Sie Kinder in besseren Zeiten.« Lena schwieg. Nach einer langen Pause nickte sie nachdenklich und sagte: »Das Schlimme ist, daß er recht hat. Ich habe diese Gedanken schon lange mit mir rumgeschleppt.«

»Also hast du ›ja‹ gesagt?«

»Nein!« Sie sagte das so entschlossen, als ärgerte sie die Frage. »Ich sagte, ich müsse das mit meinem Mann besprechen.«

»Und was denkst du jetzt darüber?«

»Was gibt es da zu fragen? Ich will keine Abtreibung. Ich will das Kind.«

»Wenn das deine Entscheidung ist, dann ist es auch meine.«

Sie drückte seine Hand und hielt sie an ihre Wange, als wollte sie sich so wärmen. »Danke«, sagte sie leise. »Jetzt wird es leichter sein, ›nein‹ zu sagen.«

Diese Entscheidung munterte sie beide auf, gab ihnen ein Gefühl der Stärke, ja sogar des Widerstands. Es war, als würden zwei junge Juden gegen Hitler aufstehen und erklären: »Sie werden uns unser Kind nicht nehmen. Um diesen Triumph haben wir Sie gebracht.«

Später sprachen sie noch einmal davon. Sie mußten sich

selbst davon überzeugen, daß die Entscheidung nicht leichtfertig getroffen war. Sie mußten sie mit nüchternen Argumenten absichern. Sie dachten an ihr jeweiliges Alter (sie war dreiundzwanzig, er sechsundzwanzig), ein wichtiger Faktor, wenn man bedachte, welche Entbehrungen sie auszuhalten hatten. Sie besprachen die Vorteile ihrer jeweiligen Tätigkeiten, und auch in dieser Hinsicht ging es ihnen besser als vielen anderen Juden in der Stadt. Während Anwälte und Lehrer ihre Tätigkeit aufgeben mußten, arbeiteten Lena und Herschel noch in ihren erlernten Berufen. Und er mußte auch keine Bestechungsgelder zahlen, um der Zwangsarbeit zu entgehen. Als die Deutschen mitbekamen, daß er Elektromeister war, schickten sie ihn aus einer Zwangsarbeiterbrigade in ein Planungsbüro, das für von Holtzer und seinen Stab ein Hauptquartier errichtete. In seiner Tasche steckte der *Facharbeiter*-Ausweis, den das *Arbeitsamt* ausgestellt hatte. Dies war ein sehr begehrtes Stück Papier, schützte es doch seinen Inhaber davor, auf der Straße aufgegriffen zu werden, um irgendeine Kleinigkeit zu erledigen, wann immer dies einem deutschen Soldaten einfiel.

»Und was wird sein, wenn das Gebäude fertig ist?« fragte Lena.

»Es wird andere Projekte geben. Ich habe gehört, daß die Deutschen vor der Stadt eine ganze Reihe von Kasernen bauen lassen wollen. Offensichtlich richten sie sich darauf ein, länger hier zu bleiben.«

Sie fragten sich, wie das Leben für sie in einem Ghetto wohl aussehen würde. Wo würden sie wohnen? Würden sie ihre Möbel mitnehmen können? Würde es dort medizinische Einrichtungen geben, eine Klinik oder zumindest eine

Ambulanz? Über diese Dinge konnten sie nur Spekulationen anstellen, aber eine Sache war sicher: Für eine fähige Krankenschwester und einen guten Elektriker gab es immer Bedarf, besonders, wenn er auch schreinern konnte. Und wenn Dr. Weiss mit ihnen im Ghetto wäre, würde die Geburt in guten Händen sein. Also, wenn man alles in Betracht zog, gab es keinen Grund, ihre Entscheidung zu ändern.

Plötzlich legte Herschel den Arm um Lena und meinte ganz aufgeregt: »Ich habe eine Idee.«

»Was?«

»Wir sollten eine Wiege kaufen.«

Sie lachte. »Eine Wiege? Jetzt? Dafür haben wir noch viel Zeit.«

»Dantzigers verscherbeln jetzt ihre Möbel. Es heißt, alles wäre so gut wie geschenkt.«

»Hat er denn nach Jom Kippur noch etwas, was er verkaufen kann?«

Auf die Erwähnung von Jom Kippur folgte immer ein Moment traurigen Schweigens, nicht weil dies der Tag der Buße war, der höchste jüdische Feiertag, sondern weil damit jedesmal ein Schreckensbild wieder auftauchte, das alle Juden der Stadt verfolgte. Denn an diesem Tag, als die Synagoge bis zum letzten Platz mit Menschen gefüllt war, die glühender als sonst beteten, tränenreicher als sonst den Herrn im Himmel darum anflehten, ihnen in dieser Stunde des größten Unglücks zu Hilfe zu kommen, ihre Leiden zu mildern, sie von Hitler, diesem neuen Haman, zu befreien (möge sein Name und die Erinnerung an ihn vom Erdboden gelöscht werden!) – an diesem Tag hatten die Deutschen ein Pogrom angezettelt.

Es begann mit der Plünderung jüdischer Geschäfte und endete damit, daß Juden geschlagen, verkrüppelt und sogar getötet wurden. Gegen sieben Uhr morgens, als die Plünderungen in vollem Gange waren, hatten sechs SS-Männer die Synagoge gestürmt, sich fünfzig Juden, darunter den Rabbi, geschnappt, und sie in ihren Gebetstüchern und mit dem Käppi auf dem Kopf auf dem Stadtplatz aufmarschieren lassen, jedem von ihnen einen Besen in die Hand gedrückt und ihnen befohlen, den Platz zu kehren. Wenn ein Nichtjude kam, der Wasser haben wollte, mußten sie den Besen aus der Hand legen und für ihn die Pumpe bedienen.

Mordechai Dantziger, dessen Möbelgeschäft an dem Platz lag, war einer dieser fünfzig Juden gewesen. Während er das Kopfsteinpflaster kehrte, konnte er sehen, wie seine Ware weggetragen wurde, und nichts dagegen tun. Polnische Polizisten und deutsche Soldaten sorgten dafür, daß niemand die Plünderer störte.

Seit diesem Jom Kippur zögerten die Juden selbst am Schabbat, in die Synagoge zu kommen. Gottesdienste wurden in verschiedenen Privat-Häusern abgehalten.

»Sie haben die Sachen im Keller übersehen«, meinte Herschel. »Wahrscheinlich haben sie nichts davon gewußt. Und jetzt nehme ich an, daß er bei all den Gerüchten über ein mögliches Ghetto so viel wie möglich zu Geld machen will.«

»Und wer kauft heutzutage Möbel? Nur Nichtjuden, oder?«

»Auch Juden. Entweder glauben sie nicht daran, daß es ein Ghetto geben wird, oder sie können einem günstigen Geschäft nicht widerstehen.«

»Und du hältst es für klug, jetzt Geld für eine Wiege auszugeben?«

»Was haben wir zu verlieren? Ein paar Zloty? Er macht einen Ausverkauf. Also laß uns eine kaufen, solange es noch möglich ist.«

Lena schien ihren Frieden gefunden zu haben, als hätte die Unterhaltung über eine Wiege die letzten Zweifel über eine Fortsetzung der Schwangerschaft verscheucht.

Am nächsten Tag ging Herschel direkt von der Arbeit aus zu Dantziger. Als er auf den Platz kam, mußte er einen Moment anhalten, um sich zu orientieren. Es gab so viele mit Brettern vernagelte Schaufenster in der Ladenreihe, daß er sie beim ersten Hinschauen nicht unterscheiden konnte. Durch das Abreißen der Schilder hatten die Plünderer sie namenlos gemacht. Die einzelnen Namen der Geschäftsinhaber waren jetzt in einem einzigen Begriff zusammengefaßt: JUDE. Diese von den Deutschen angestiftete Bezeichnung fand sich jetzt überall in der Stadt auf den zerschlagenen oder noch heilen Schaufenstern, den Mauern und Türen der jüdischen Häuser, selbst auf den Bürgersteigen, geschrieben mit weißer Kreide oder Farbe. Analphabeten, die Schwierigkeiten hatten, ihren eigenen Namen zu schreiben, meisterten über Nacht die Schreibweise eines Wortes in der fremden Sprache.

Er erinnerte sich, wie Lena für sie beide Armbinden genäht hatte. Sie mußte bis spät in der Nacht arbeiten, weil sie genauen Vorgaben entsprechen mußten und das Wort JUDE peinlich genau in der Mitte des Davidsterns einzunähen war. Als sie damit fertig war, und sie beide die

Bänder über den Ärmel gestreift hatten, hatte sie gesagt: »Jetzt werden wir öffentlich zur Schau gestellt, wie die Tiere im Zoo.«

Er erinnerte sich an seine Antwort: »Es ist nicht das erste Mal. Die Deutschen sind darin nicht besonders originell. Sie haben diese Idee von den Antisemiten der Vergangenheit übernommen. Die Römer, die Polen...«

»Die Römer, die Polen?« Sie hatte ihn fragend angeschaut. »Ja, schon im dreizehnten Jahrhundert, in der Zeit der Kreuzzüge, hatten die Führer der Christen angeordnet, daß die Juden ein Abzeichen auf ihrer Kleidung tragen mußten, das sie als Ausgestoßene kennzeichnete. Drei Jahrhunderte später verbesserte einer der Päpste diese Verordnung. Nicht nur waren die Juden von Rom dazu verpflichtet, gelbe Hüte zu tragen, sie wurden auch gezwungen, in einem Ghetto zu leben.«

»Bedeutet das, daß auf die Armbänder das Ghetto folgt?«

»Könnte sehr wohl sein.«

»Und wann passierte so was in Polen?«

»Auch im sechzehnten Jahrhundert. In Piotrkow durften sich die Juden nicht wie die Christen kleiden, zusätzlich mußten sie noch gelbe Hüte und Abzeichen tragen, damit sie als Juden zu erkennen waren.«

»Woher hast du diese ganzen Informationen? Früher hast du mir nie davon erzählt.«

»Ich hatte das alles wieder vergessen – bis jetzt. Es war damals, in meiner Studentenzeit, als ich ein Jahr lang in Warschau war. Im Winter besuchte ich eine Reihe von Abendkursen, die der Hashomer Hazair organisiert hatte.

Einer der Kurse hieß: ›Antisemitismus in früheren Zeiten.‹ Irgendwo in einer Schublade habe ich noch meine Notizen mit den genauen Daten dieser antisemitischen Gesetze.«

Lena hatte den Kopf gehoben und mit leerem Blick vor sich hin gestarrt, als sähe sie sich selbst in diesen verschiedenen Jahrhunderten, von denen Herschel gesprochen hatte. Dann hatte sie tief geseufzt und gesagt: »Es ist wenig Trost zu wissen, daß diese gelben Abzeichen eine so lange Geschichte haben.«

Herschel war ohne seine Armbinde zu tragen auf dem Platz angekommen. Er hatte sie vom Ärmel gestreift, bevor er das Gebäude verlassen hatte, in dem er arbeitete. Obwohl er die Folgen kannte, die ihm drohten, wenn er erwischt wurde, verließ er sich auf sein Aussehen. Die Mütze auf dem Kopf leicht auf die Seite gedrückt, die Zigarette in der Hand, konnte er ohne weiteres für einen Polen gehalten werden. Zusätzlich hatte er noch den Vorteil, daß er vollkommen akzentfrei Polnisch sprach.

Es gab Zeiten, in denen er das Risiko aus reinem Widerspruchsgeist auf sich nahm, oder um des Vergnügens willen, nicht angestarrt zu werden. Aber an diesem Tag hatte er praktische Gründe. Die gelbe Binde machte ihren Träger zu einem erkennbaren Opfer für umherziehende Horden, die, wenn sie einen Juden in ein Geschäft gehen sahen, davor warteten, um ihm nachher mit Gewalt das Eingekaufte abzunehmen. Herschel würde keine Wiege kaufen, nur damit diese Bande sie ihm später wegnahm.

Der Laden war nur schwach beleuchtet. (Zusammen mit den Möbelstücken hatten die Plünderer die Stehlampen weggeschleppt.) Unter den wenigen Stücken in der Auslage hatte Herschel keine Wiege entdeckt. »Alles, was Sie hier sehen, Herr«, sagte der Ladenbesitzer auf polnisch, »kriegen Sie zum halben Preis. Ich mache Ausverkauf.«

Herschel war zufrieden, für einen Polen gehalten zu werden, aber der Mann wirkte ängstlich und angespannt. Um ihn zu beruhigen, antwortete Herschel auf jiddisch. »Ich bin Herschel Bregman.« Dantziger lächelte und drückte ihm fest die Hand. »Vergeben Sie mir, Herr Bregman. Sie kamen mir irgendwie bekannt vor, aber als ich Sie ohne Armbinde in den Laden kommen sah, dachte ich, ich würde mich irren. Haben Sie eine Sondergenehmigung, die Armbinde nicht tragen zu müssen?«

»Für die Armbinde gibt es so was nicht. Ich habe mir selber die Genehmigung gegeben.«

»Sie sind ein mutiger Mann, Herr Bregman.«

»Meine Frau hält mich für verrückt.«

»Wenn Sie, Gott behüte, geschnappt werden, dann hat sie recht. Aber wie ich höre, sind Sie nicht der einzige. Ich höre, daß einige Frauen, die man nicht gleich für Jüdinnen hält und die gutes Polnisch sprechen, ein Kreuz tragen und die Armbinde zu Hause lassen, wenn sie Lebensmittel einkaufen gehen. Ja«, fügte er seufzend hinzu, »wer hätte gedacht, daß es fünfhundert Jahre nach Torquemada wieder Marranos gibt.«

»Wir haben Torquemada überlebt und wir werden Hitler überleben. Ich bin ein Optimist, Herr Dantziger.«

»Das müssen Sie sein, wenn Sie vorhaben, Möbel zu

kaufen. In diesen Zeiten verkaufen die Juden, sie kaufen nicht. Was suchen Sie, Herr Bregman?«

»Was ich will, sehe ich hier nicht.« Herschel schaute sich noch mal im Laden um. »Ich brauche eine Wiege.«

»Ich glaube, ich habe eine unten im Keller. Je weniger man heutzutage in der Auslage hat, um so besser.« Dantziger ging in den hinteren Teil des Ladens, stieg eine Treppe hinunter und kam nach wenigen Minuten mit einer braunen Wiege zurück. »Mahagoni«, erklärte er. »Das Beste vom Besten.«

»Die nehme ich«, meinte Herschel und zahlte ohne zu zögern.

Als sie sich die Hände schüttelten, meinte Dantziger: »Lassen Sie mich Ihnen Massel tov wünschen, Herr Bregman. Und mögen sich die Kinder Israels vermehren, trotz der von Holtzers. Und Ihrer Frau wünsche ich eine leichte Geburt. Wann, wenn ich fragen darf, wird es soweit sein?«

»Nicht so rasch. Sie ist erst im zweiten Monat.«

»Und schon kaufen Sie eine Wiege? Offensichtlich geben Sie nicht viel auf diese Ghetto-Gerüchte.«

»Im Gegenteil. Ich denke, dort werden wir landen.«

»Und trotzdem kaufen Sie eine Wiege?«

»Wo wird man im Ghetto eine Wiege bekommen? Und noch dazu zum halben Preis?«

»Sie sind ein vorausschauender Mann, Herr Bregman. Jetzt sagen Sie mir noch eins. Wenn Sie das Gerücht ernst nehmen, wo wird dann Ihrer Ansicht nach das Ghetto sein?«

»Im übelsten Teil der Stadt natürlich. Wohin sonst würde von Holtzer die Juden stecken?«

»Sie meinen dort, wo die zweite Wasserpumpe ist?«

»Richtig. Wärme nur aus dem Herd. Wasser nur von der Straßenpumpe. Die Toiletten im Hausflur, der Hausflur finster und stinkend. Die Zimmer klein und bedrückend. Ratten, Kakerlaken und Wanzen.«

»Eine wundervolle Zukunft malen Sie uns aus, Herr Bregman. Auch wenn ich im Innersten glaube, daß Sie recht haben, hoffe ich doch, daß Sie sich irren.«

»Ich auch, Herr Dantziger.«

3

An einem Freitagmittag, etwa zwei Wochen nachdem Herschel die Wiege nach Hause gebracht hatte, stand es auf Anschlägen in deutsch und polnisch zu lesen: Die Juden mußten ihre Häuser verlassen und wurden in ein Ghetto umgesiedelt. Sie hatten vierundzwanzig Stunden, um sich vorzubereiten. Am nächsten Tag sollten sie um zwölf Uhr mittags mit ihrer Habe auf dem Stadtplatz erscheinen. Sie durften mitnehmen, was sie schleppen konnten, außer Möbel.

Als Herschel dies las, kam ihm sofort der Gedanke, ob die Deutschen die Wiege auch als Möbelstück betrachten würden. Es war ein Kinderbett, und methodisch, wie die Deutschen waren, konnte man es in diese Kategorie einordnen. Außerdem war sie ganz neu und aus Mahagoni. Alleine schon deshalb würde sie ihm weggenommen werden. Aus unbestimmten Gründen schmerzte es ihn mehr, die Wiege zurücklassen zu müssen, als der Verlust all der anderen Möbel, die sie vor drei Jahren zur Hochzeit bei Dantziger gekauft hatten.

Sofort begann er zu überlegen, wie er die Wiege retten konnte. Irgendwie würde er einen alten Kinderwagen auftreiben, den Kasten entfernen, ein Holzbrett über die Räder befestigen, die Wiege auf das Brett schrauben, und so das ganze Ding in eine Drückkarre verwandeln, mit allem gefüllt, was sie von ihrer Habe darin unterbringen konnten. Er wußte, er könnte das hinkriegen. Die Frage war nur, wann. Die Juden hatten vierundzwanzig Stunden, um fertig zu werden, und heute mußte er noch zur Arbeit gehen. Das bedeutete, die Nacht durchzuarbeiten.

Gegen vier am Nachmittag erschien Tadeuz Bielowski, der junge Architekt aus der Wohnungsbauabteilung, auf ihrer Baustelle, um den Fortgang der Arbeit zu überprüfen. Mindestens dreimal in der Woche kam er zur Inspektion. Herschel mochte ihn, weil er alle Arbeiter, Juden und Nichtjuden, gleich behandelte. Der Vorarbeiter hingegen, gleichfalls ein Pole, hatte eine Vorgehensweise für die Juden und ein andere für die Polen. Bielowski nannte ihn immer »Herr Bregman« und lobte in aller Öffentlichkeit seine Arbeit; der Vorarbeiter kannte für alle Juden nur einen Namen: *Jid*.

Als Bielowski bei Herschel stand, sagte er leise: »Es tut mir leid, hören zu müssen, daß Sie morgen umziehen, Herr Bregman. Nebenbei bemerkt: Haben Sie ein Wasserfaß zu Hause?«

Herschel schüttelte den Kopf. »Wir bekommen unser Wasser aus der Leitung.«

»Also, wenn Sie sich ein Faß besorgen können, nehmen Sie es mit. Es kann noch nützlich sein.«

Herschel dankte ihm und sagte nach einem Augenblick des Zögerns. »Herr Bielowski, darf ich Sie um einen Gefallen bitten?«

»Sicher.«

»Es hat mit dem Umzug zu tun. Wäre es möglich, heute etwas früher gehen zu können, damit ich Zeit zum Packen habe?«

»Lassen Sie mich mit dem Vorarbeiter reden.«

Auf dem Weg aus dem Gebäude heraus flüsterte der Architekt Herschel zu: »Ich habe ihm gesagt, ich brauche Sie, um einen Wackelkontakt in meinem Büro zu reparieren, und daß Sie von dort aus nach Hause gingen. Wo wohnen Sie?« Als Herschel ihm die Adresse nannte, sagte er: »Das ist auf dem Weg. Ich nehme Sie im Wagen mit, da sparen Sie sich das Laufen.« Er sagte dem Fahrer, wo er Herschel rauslassen sollte, und zu Herschel: »Am Montag kommen Sie wieder zu Ihrer jetzigen Arbeitsstelle. Wenn man Sie woanders hinbringen will, sagen Sie, es wäre meine Anordnung, daß Sie zur bisherigen Arbeitsstelle zurückkehren.«

»Vielen Dank, Herr.«

Zu seiner Überraschung traf er Lena zu Hause an. Die Oberschwester hatte die jüdischen Frauen an diesem Tag früher gehen lassen.

»Wenn es nach unserem Vorarbeiter ginge, würde ich jetzt noch arbeiten«, sagte Herschel. »Ich bin nur dank dieses jungen Architekten, Bielowski, hier. Ein wirklich anständiger Pole. Übrigens, irgendwo müssen wir ein Faß auftreiben.«

»Wofür ein Faß?«

»So hat er mir geraten. Er muß wissen, wovon er spricht, sonst hätte er das nicht gesagt. Vergiß nicht, jetzt heißt es Abschied nehmen von der Wasserleitung. Wir werden wieder pumpen müssen.«

»Weißt du, darüber habe ich noch gar nicht nachgedacht. Nicht für eine Minute.«

»Um so besser, daß er uns daran erinnert hat.«

»Woher willst du ein Faß bekommen?«

»Ich rede mit dem Hausmeister. Er hat allen möglichen Kram im Keller. Wenn er keins hat, wird er eins besorgen. Ich leg ihm was in die Hand. Das wirkt immer. Außerdem brauche ich einen alten Kinderwagen.«

»Einen Kinderwagen?« Sie sah ihn erstaunt an. »Wofür?«

»Nicht für das Kind. Für die Wiege.«

»Ein Kinderwagen für die Wiege!« Sie brach in Gelächter aus. »Herschel, hör auf, in Rätseln mit mir zu reden.«

»Ich weiß, es klingt seltsam, aber wir brauchen einen alten Kinderwagen, um die neue Wiege zu retten.« Dann erklärte er ihr seine Idee. »Ich weiß, daß ich es hinkriege«, sagte er. »Das Hauptproblem ist, einen zu finden. Und auch diese Aufgabe werde ich dem Hausmeister übertragen. Ich werde ihm sagen, ich sorge dafür, daß es sich für ihn lohnt.«

Es stellte sich heraus, daß der Hausmeister wohl einen alten Kinderwagen im Keller hatte, aber kein Faß. Er versprach, vor der Sperrstunde eins zu finden, und schaffte es auch.

Den größten Teil der Nacht blieben sie auf und packten. Am schwersten fiel es Lena zu entscheiden, was sie mitnahmen und was sie zurückließen. Alles, was sie besaßen, sogar Dinge, die sich in den Schubladen und Schränken versteckten und jahrelang nicht angeschaut worden waren, schienen plötzlich bedeutend und wichtig. ›Nehmt uns mit‹, schienen sie zu bitten. ›Laßt uns nicht im Stich!‹ Die Sachen redeten in der Sprache der Erinnerungen und Gefühle, gewisser Stimmungen und besonderer Gelegenheiten. Dies war ein Geburtstagsgeschenk von Herschel gewesen, jenes eine Hochzeitsgabe eines teuren Freundes; dies war auf der Ferienreise in Warschau gekauft worden, jenes in den Flitterwochen in Zakopane. Der Chanukkaleuchter, ein Erbstück der Familie, war ihnen von ihren Eltern geschenkt worden, die versilberten Kerzenständer von seinen.

Schubladen und Schränke waren geleert, ihre Inhalte auf das Bett gehäuft, das Sofa, den Tisch oder den Boden. Ein Durcheinander nicht zusammengehörender Teile: Ein Leben stolzer Regelmäßigkeit verwandelte sich in Chaos.

Lena stand mitten im Zimmer, ihre Augen wanderten von einem Haufen zum zweiten. Womit sollte sie anfangen? Den Kleidern? Dem Geschirr? Den Silbersachen? Dem Bettzeug? Den Fotografien, die sie über die Jahre gesammelt hatten? Den Abschlußzeugnissen der Schule? Den Büchern? Was nahm man mit in ein Ghetto? Sie stellte sich diese Frage. Sie wußte, irgend etwas mußte sie tun, jede Minute war kostbar; aber sie war so überwältigt von der Aufgabe, daß sie sich nicht bewegen konnte. Sie brach in Tränen aus.

Herschel hörte auf, an dem Handwagen zu arbeiten, und kam in das Wohnzimmer. Er legte die Arme um

Lena. »Ich weiß nicht, wo ich anfangen soll«, sagte sie schluchzend. Er auch nicht. Aber etwas mußte er ihr sagen, etwas, das die Lähmung verschwinden ließ. »Fang damit an, was am nötigsten ist und am wertvollsten«, schlug er vor. »Davon werden wir mitnehmen, soviel wir tragen können. Den Rest lassen wir zurück. Überleben, das ist unsere wichtigste Sorge im Moment. Jetzt sind nur die Sachen wichtig, die uns helfen zu überleben. Der Rest ist unwichtig.«

Herschel war schon dabei, zu seiner Arbeit zurückzukehren, als sein Auge auf einen Stapel Bücher in der Ecke des Zimmers fiel. Er ging hinüber und begann, einzelne Titel auszusortieren und sie beiseitezulegen.

»Laß dich nicht hinreißen, Herschel«, warnte sie. »Wo willst du sie hintun?«

»Nur ein paar. Ein Buch kann man immer irgendwohin quetschen. Wie sollte man nicht zumindest einen Scholem Aleichem dabeihaben?«

»Eins. Mehr können wir nicht mitnehmen.«

»Na gut. Aber welches?«

»Mir ist jedes recht. Scholem Aleichem ist Scholem Aleichem.«

Sie einigten sich auf ›Tevje, der Milchmann‹.

Zusätzlich zu Scholem Aleichem nahm Herschel noch ein Buch von Peretz, eines von Asch und eines von Bialik. »Und was ist mit den polnischen Dichtern?« fragte er. »Tuwim, Slonimski, Mickiewicz?«

»Ich weiß nicht, was ich sagen soll. Ich mag sie alle.«

»Dann nehmen wir sie mit. Wir finden schon Platz für sie.«

Als sie sah, wie er noch ein anderes dickes Buch aus dem Haufen zog, schrie sie: »Herschel!«

»Ich habe sie gefunden!« verkündete er triumphierend. »Die Vorlesungsnotizen, nach denen ich in allen Schubladen gesucht habe. Hier sind sie. Mitten in einer Ausgabe von Dubnows ›Geschichte der Juden‹.« Er setzte sich auf die Kante eines schwer beladenen Stuhls und begann, die engbeschriebenen gelben Seiten umzublättern. »Erinnerst du dich, wie ich von dem Ghetto in Rom erzählt habe? Da steht es. Der Papst hieß Paul IV., und es war im Jahr 1555. Die Juden mußten gelbe Hüte tragen und durften nur mit gebrauchten Kleidern handeln. Und die blutigen Geschichten vom Ritualmord, die immer noch hin und wieder auftauchen, weißt du, bis wann sie zurückgehen? Bis 1247.«

»Herschel, ist das die Zeit, alten Antisemitismus auszugraben, wenn wir uns mit von Holtzers Neuauflage auseinandersetzen müssen?«

»Das will ich dir ja gerade sagen. Sie ist nicht neu.«

»Die Tatsache, daß Juden in der Vergangenheit zu leiden hatten, macht meine Leiden jetzt nicht einfacher. Es zeigt nur, daß sich unsere Geschichte wiederholt. Bitte, mach fertig, was du an dem Wagen zu machen hast. Dann brauche ich hier deine Hilfe.«

Er stand auf und steckte die Notizen zurück in das Buch. Sie beobachtete ihn, wie er mit dem Rücken zu ihr neben dem kleinen Haufen Bücher stand, die er zum Mitnehmen ausgewählt hatte. Schnell steckte er noch den Dubnow dazu. Als er an ihr vorbeiging, schaute sie ihn an und lächelte.

»Mach dir keine Sorgen«, versicherte er. »Für eins mehr werde ich schon noch Platz finden. Jahrelang habe ich den Dubnow nicht angerührt. Plötzlich habe ich ein Verlangen nach jüdischer Geschichte.«

4

Es war der letzte Samstag im November, fast drei Monate nach dem Tag, an dem der deutsche Panzer in die Stadt gerumpelt war. Es war kalt, auf die schneidende Weise. In der Luft lag ein scharfer, vorwinterlicher Biß, sie war durchscheinend klar. Der Himmel war hellblau ohne die Spur einer Wolke. Es war ein schöner sonniger Tag. Ein Tag, geschaffen für fast alles, nur nicht, um in ein Ghetto zu marschieren.

Zu normalen Zeiten wären die Juden jetzt festlich gekleidet aus der Synagoge gekommen, hätten sich einander ›git schabbes‹ gewünscht und gemächlich auf den Weg nach Hause gemacht, zu einem warmen Schabbatessen und einem Nickerchen. Aber an diesem Schabbat liefen die Juden wie gehetzt zum Stadtplatz. Sie hetzten, kamen aber nur langsam voran, denn sie mußten immer wieder Pause machen. Sie hatten sich beladen mit dem angesammelten Besitz eines ganzes Lebens, reduziert auf das, was sie mit den Händen und auf dem Rücken tragen konnten. Gebeugt unter dem Gewicht der schweren Bündel, die in Bettlaken gepackt waren, und den kleinen Schrankkoffern, die auf den Schultern lagen, waren ihre Gesichter kaum zu sehen.

Um zwölf war der Platz so dicht gepackt mit Menschen und Bündeln, daß es schwierig war, sich umzudrehen. Und immer noch kamen sie. Wie Lena und Herschel hatten sie sich bis zur letzten Minute damit gequält, was sie mitnehmen und was sie zurücklassen sollten. Jetzt stand die Panik in ihren Augen. Sie fürchteten die Folgen, wenn sie zu spät kämen. Selbst zur eigenen Gefangennahme mußte man pünktlich sein. Obwohl der Platz niemanden mehr aufzunehmen schien, schaffte es ein Stoß mit einem Gewehrkolben oder auch schon die entsprechende Drohung, Raum für noch ein paar Füße zu machen. Es war eng zum Ersticken. Wenn nur die Deutschen endlich den Marschbefehl gäben, welch eine Erlösung würde dies sein.

Sie standen immer noch, als eine Frau feststellte, daß eins ihrer Kinder, ein fünfjähriges Mädchen, verschwunden war. »Peschele, Peschele«, jammerte sie immer wieder. »Was wird aus meiner Peschele werden?«

»Nichts wird ihr geschehen«, versuchte jemand sie zu beruhigen. »Irgend jemand hält sie jetzt sicher an der Hand.« Aber die Frau war nicht zu beruhigen und versuchte, sich aus der Menge zu drängen. Plötzlich tauchte ein deutscher Soldat auf. »*Was ist hier los?*« bellte er.

»*Mein Kind, mein Kind*«, jammerte die Frau auf deutsch.

»Stehenbleiben!« Er richtete sein Gewehr auf die Frau, sein Finger lag am Abzug. Die Frau schrie auf. Die anderen wichen entsetzt zurück. Eine Ewigkeit schien zu vergehen, bevor der Soldat den Finger vom Abzug nahm und das Gewehr wieder über der Schulter hing.

Die Frau hatte die Sympathie der Umstehenden verloren. »Schau, was du mit deiner Närrischkeit angestellt hast«, riefen sie ihr zu. »Du hättest getötet werden können und andere mit dir.«

»Ein Kind zu verlieren, das nennt ihr närrisch?«

»Du hast sie nicht verloren. Sie ist da, irgendwo in der Menge. Aber es hätte nicht viel gefehlt, und du hättest eine Waise aus ihr gemacht.«

Die Frau fiel auf ihrem Bündel zusammen. »Mein Kind, meine Peschele«, wimmerte sie. Ihre anderen Kinder, zwei Jungen und ein Mädchen, klammerten sich weinend an sie. »Mama, Mama.« Irgend jemand von weiter hinten meinte: »Ich kenne sie, eine Witwe.« Wieder flammte Sympathie für die Frau auf. Die Leute redeten mit sanfter, tröstender Stimme zu ihr. »Dein Kind ist in Sicherheit, glaub mir. Sobald wir losgehen, wird es leichter, nach ihr zu suchen.«

»Das meint ihr?« Die Frau schaute zu denen auf, die sie trösteten.

»Natürlich. Das sagt der gesunde Menschenverstand.«

Ein Schuß krachte, durchschnitt die Luft mit seiner eindeutigen Botschaft. Dem Schuß folgte ein Durcheinander in den hinteren Reihen. Die Polen, die am Rande des Platzes zu einer größeren Menge angewachsen waren, wandelten sich plötzlich in eine menschliche Springflut, die in Richtung Gewehrfeuer brandete. Die Juden, die sich gegenseitig im Weg standen und durch die Angst vor den Wachen gehemmt waren, blieben auf der Stelle. Jene, die sich umdrehen und den Hals recken konnten, bekamen wenig zu sehen. Ihre Sicht wurde durch die Bündel der Juden hinter ihnen und die Menge der Zuschauer behindert.

Die Mutter des vermißten Mädchens sprang auf und schrie: »Meine Peschele! Meine Peschele! Meiner Peschele ist etwas geschehen!« Wieder versuchte sie aus der Menge auszubrechen, wurde aber von den anderen zurückgehalten. »Hast du den Verstand verloren?« rief es ihr von allen Seiten zu. »Das erste Mal hattest du Glück. Beim nächsten Mal wird er dich erschießen. Du bist eine Gefahr für uns alle.« Sie griffen nach ihren Armen und zwangen sie zurück auf ihre Bündel.

Ein grober Bericht des Zwischenfalls wurde von Mund zu Mund durch die Reihen gegeben. Als er bei Lena und Herschel angekommen war, die irgendwo in der Mitte ihrer Reihe standen, hatte er folgende Version: Mordechai Dantziger, der Möbelhändler, war erschossen worden. Anscheinend hatte er einen Mann mit einem Karren engagiert, der seine Besitztümer transportieren sollte. Dies war an sich nicht verboten. Da Dantziger aber der einzige war, der diesen Luxus genoß, ließ es ihn verdächtig erscheinen und weckte die Neugier der Deutschen. Sie stöberten umher und fanden unter einem Haufen Kleidung einen neuen Stuhl aus seinem Laden. Das war verboten. Auf den Anschlägen hatte gestanden, daß es nicht erlaubt sei, Möbel mitzunehmen.

Dantziger wurde auf der Stelle bestraft. Zuerst wurde ihm befohlen, seine Sachen auf den Boden zu werfen, dann sollte er neben dem Gegenstand seines Verbrechens stehen – dem Stuhl. Nachdem der zuständige deutsche Leutnant mit dem Arrangement der Szene zufrieden war, zog er seine Pistole aus dem Halfter und schoß Dantziger in den Kopf. Dann zerrte er zwei Juden aus der Menge und befahl ihnen, die Leiche auf den Wagen zu legen. Sobald der Offizier weggegangen war, kamen einige der Umstehenden und machten sich über die herumliegenden Sachen her. In kürzester Zeit waren diese verschwunden. Zwei junge Polen stritten sich um den Stuhl, bis er zerbrach. Enttäuscht begannen sie, sich gegenseitig mit den Überresten zu prügeln, bis ein deutscher Soldat sie auseinanderbrachte.

Ein Jude, der neben Herschel stand, bemerkte, nachdem er die Geschichte gehört hatte: »Wir gehören jetzt also zu einem Trauerzug. Nur, daß die Leiche am Ende des Zuges ist, statt vorne.« Woraufhin ein anderer Jude zurückgab: »Und wo waren wir, bevor Dantziger erschossen wurde? Nicht in einem Leichenzug?«

Als die Witwe des Wasserträgers vor der Pumpe stand, nur wenige Schritte von dem Ort entfernt, wo ihr Ehemann erschossen worden war, stöhnte sie auf und wurde ohnmächtig. Fallen aber konnte sie nicht. Die zusammengepferchte Menge hielt sie auf den Beinen. Trotzdem griffen zwei ihrer Söhne ihr unter die Arme. »Mama, Mama«, jammerten sie mit den Stimmen kleiner Kinder. »Schlag ihr ins Gesicht«, sagte jemand zu einem der Söhne. Aber er schaffte es nicht. Erst der Schlag eines Fremden brachte sie wieder zu sich. Soweit es ging, wichen die Menschen aus, damit die Frau sich gegen Herschels Wagen lehnen konnte.

Endlich begann der Zug sich zu bewegen. Da alle von ihrem Gepäck niedergedrückt wurden, war es ein langsamer, unsicherer Beginn. Die Bündel wurden aufgenommen, auf die Schultern gehoben, ausgerichtet und befestigt. Es gab keine leeren Hände, keine leeren Rücken. Die Schnellen, Geschickten drängten sich ungeduldig an den Langsamen und Hilflosen vorbei und gingen voran. Die Anzahl der Zurückfallenden wuchs. Das war nicht nach dem Geschmack der Deutschen. Soldaten liefen an der Kolonne entlang, vor und zurück, und bellten: »Schneller! Schneller!« Ihre Gummiknüppel und Gewehrkolben sorgten für eine rasche Gangart.

Die Frau, die darauf gewartet hatte, daß sich die Reihen bewegten, damit sie zurücklaufen und nach ihrer Tochter suchen konnte, stellte fest, daß dies unmöglich war. Jedesmal wenn sie versuchte, aus der Reihe zu treten, wurde sie von der sich rasch bewegenden Menschenflut weitergetragen. Sie murmelte den neben ihr Gehenden Beschimpfungen zu. »Ich hätte nicht auf sie hören sollen«, sagte sie bitter. »Ich hätte nach meinem Kind suchen sollen, als noch Zeit dafür war.« Niemand achtete auf sie. Alle konzentrierten sich darauf, mit den Vorangehenden Schritt halten zu können und den Gummiknüppeln auszuweichen.

Plötzlich verlangsamte irgend jemand vorne den Marsch. Es war der Rabbi, ein kränklicher Mann in den Sechzigern. Eingepackt in einen Kissenbezug trug er die Thora-Rollen, die einzigen, die von den Juden hatten gerettet werden können (die anderen drei waren von den Deutschen während des Jom Kippur-Pogroms entweiht worden). Einige Juden hatten sich bereit erklärt, die Habseligkeiten des Rabbi zu tragen, damit seine Hände frei wären für die Thora-Rollen. Aber die Geschwindigkeit war zu groß für ihn. Er wurde immer schwächer und fiel zurück.

»Kann mir jemand die Thora-Rollen abnehmen, bevor sie mir aus den Händen fallen?« flehte der Rabbi.

Es gab keine freien Hände. In einem komplizierten Austausch mußten Bündel abgesetzt und weitergereicht werden, bis eine Hand frei war. Aber der Rabbi war zu schwach weiterzugehen, selbst ohne die Rollen. Sein Gesicht war bleich, und das Atmen fiel ihm schwer. Ein Soldat kam die Reihen entlanggelaufen. »*Donnerwetter!*« brüllte er und schwang seinen Knüppel.

»Geht! Geht ohne mich weiter«, drängte der Rabbi. »Ihr gefährdet sonst euer Leben.«

»*Marschier!*« befahl der Soldat und hielt den Knüppel über den Kopf des Rabbi.

In diesem Augenblick tauchte Joschke, der Träger auf, ein riesiger Jude, er ließ seine Sachen fallen, griff sich den Rabbi und schwang ihn auf seinen Rücken. Die Reihen gingen weiter. »Aber deine Sachen... dein Eigentum«, protestierte der Rabbi.

»Sie sind es nicht wert, getragen zu werden, Rabbi«, antwortete Joschke.

Wunderbarerweise fanden die schwerbeladenen und überbeanspruchten Hände die Kraft, noch jeweils eine Kleinigkeit zu packen, und Joschkes Sachen blieben nicht zurück.

Die Menge der Zuschauer erstreckte sich den ganzen Zug entlang. Einige starrten in stiller Faszination, als würden sie einer Parade aus Amüsement zuschauen. Einige andere, insbesondere die Jüngeren, grölten und lachten und zogen spottend Grimassen, machten betende Juden oder zwirbelten nicht vorhandene Schläfenlocken. Hier und da schüttelte eine ältere Frau traurig den Kopf und wischte sich eine Träne aus den Augen. Hier und da wurde eine Hand erhoben und winkte einem bekannten Gesicht in den Reihen der Marschierenden zu. Ein früherer Nachbar, vielleicht ein Freund.

Einige Halbstarke marschierten neben dem Zug her. »Jetzt ist euer Tag gekommen, Juden!« »Schaut euch noch mal gut die Stadt an, Juden. Ihr seht sie zum letzten Mal.«

»Schande, Schande.« Die schwache Stimme einer Zuschauerin verfolgte sie. Doch keiner schenkte ihr Beachtung. Es war die alte Frau, die sich über der Leiche des Wasserträgers bekreuzigt hatte. Sie trug immer noch Schwarz. Eine ewig Trauernde, wie es schien.

Ein alter Jude konnte nicht weiter. Seine Beine trugen ihn keinen einzigen Schritt mehr. Seine Frau stand händeringend neben ihm. Die Marschierenden machten einen Bogen um sie und gingen weiter. Ein polnischer Polizist tauchte auf. »Haben Sie Mitleid mit uns«, flehte die Frau. »Er ist ein kranker Mann. Sein Herz...«, sagte sie und drückte dem Polizisten schnell etwas in die Hand. Er schaute sich um, die deutschen Soldaten waren nicht zu sehen. Gerade kam der Karren mit Dantzigers Leiche vorbei. Der Polizist befahl dem Kutscher anzuhalten und das alte Paar mit seinen Sachen mitzunehmen. Dann verschwand er schnell. »Was für ein Glück die haben«, sagte einer der Marschierer und folgte dem Wagen mit neidischen Augen.

5

Die zweitausend Juden der Stadt hatten sich in zweieinhalb Straßen einzurichten: Das Ghetto. Die offizielle deutsche Bezeichnung war *Jüdischer Wohnbezirk*, aber keiner, auch die Deutschen nicht, benutzte diesen verharmlosenden Begriff.

Den ganzen Samstag über und bis spät in die Nacht hatte der *Judenrat* damit zu tun, den Ghetto-Juden ihren Platz zuzuweisen. Manchmal wurden sechs, acht oder sogar zehn Leute in einem Raum untergebracht. Zwischen diesen Bewohnern brachen heftige Kämpfe aus, wer das erste Anrecht auf einen Platz in einer Ecke hatte oder dem Flecken nahe dem Fenster. Die Jüdische Polizei mußte gerufen werden, um die Auseinandersetzungen zu beenden. Um Mitternacht saßen immer noch Menschen mit ihren Bündeln auf der Straße und warteten auf einen Platz, wo sie sich hinlegen konnten.

Mehr als einmal erinnerte sich Herschel dankbar an Bielowski, den Architekten, der ihm den Rat gegeben hatte, ein Faß mitzunehmen. Wer sonst hatte in diesen hektischen vierundzwanzig Stunden, die den Juden gegeben worden waren, um sich für das Ghetto fertig zu machen, an ein Wasserfaß gedacht? Die wenigen, die sich darum gekümmert hatten, wurden jetzt von den anderen Juden voller Neid betrachtet, denn sobald die Menschen für sich und ihre Habe ein bißchen Platz gefunden hatten, und die Frauen daran dachten, Wasser für ein Glas Tee zu kochen, stellten sie fest, daß es keine Wasserfässer gab. Die früheren Besitzer der Wohnungen hatten sie mitgenommen. Also mußten die Juden jetzt mit Teekesseln, Töpfen und Pfannen an der Wasserpumpe Schlange stehen.

Deshalb war rund um die Pumpe ein lebhaftes Geschäft entstanden. Sobald bekannt geworden war, daß im Ghetto Fässer Mangelware waren, kamen die Polen von nah und fern und verkauften Fässer für das Doppelte und Dreifache ihres Wertes. Dies geschah in den Tagen, als das Ghetto noch offen war; das heißt, die Juden durften es nicht verlassen, aber die Polen durften zu bestimmten Tageszeiten hinein, um zu tauschen und zu verkaufen. Für ihre Kleidung und Bettwäsche erhielten die Juden etwas Brot, Milch, Butter, Käse und Gemüse. So ergänzten sie die Hungerrationen im Ghetto.

So wurde das Problem mit den Fässern gelöst und der Mangel an Nahrungsmitteln etwas gemildert. Das Problem aber, für das es keine Lösung zu geben schien, war die Überbelegung. Menschen, die sich völlig fremd waren, wurden in ihren privatesten Dingen zusammengepfercht. Der Boden wurde zum Gemeinschaftsbett, Mitbewohner erkannte man an ihrem Geruch, der Art, wie sie schnarchten. Ein Fenster zu öffnen bedeutete zu erfrieren, es geschlossen zu halten bedeutete zu ersticken. Kleinkinder wimmerten. Männer kämpften zentimeterweise um Platz. Frauen stritten sich um die Benutzung des Herds. Gelang es, auf die Toilette im Hausflur zu gehen, hatte man etwas bedeutendes geleistet. Für ein wenig Privatsphäre hätten sich die Menschen nur allzugerne vom wertvollen Besitz getrennt.

Nirgendwohin konnte man entkommen. Man kam aus einem überfüllten Raum auf eine überfüllte Straße. Um vom einen Ende der Straße zum anderen zu kommen, mußte man sich einem dauernden Strom von Menschen entgegenwerfen. Die Arme und Schultern schmerzten von den Knüffen und Zusammenstößen, die Füße wurden müde von der Anstrengung, anderen, entgegenkommenden Füßen auszuweichen. Doch war dies immer noch besser, als in der Wohnung zu bleiben. Möglich war dies aber nur bis zur Sperrstunde. Nach acht Uhr mußte man im Haus sein.

Dies alles berücksichtigt, preßte und quälte sich das Leben in Formen, die, zumindest an der Oberfläche, den Eindruck einer Art von Normalität vermittelten. Und so glaubten viele, das Schlimmste sei vorüber. Was die Deutschen gewollt hatten, so argumentierten diese Juden, das hatten sie bekommen. Sie wollten die Häuser der Juden, ihren Besitz, ihre Firmen und ihre Geschäfte, und jetzt haben sie das alles. Sie haben uns aus dem Weg geräumt, verfügen aber immer noch über unsere Arbeit. Möglicherweise werden sie uns von jetzt an in Ruhe lassen. Sie werden vielleicht sogar vergessen, was als Gerücht im Ghetto umherlief: daß ein Stacheldrahtzaun errichtet werden soll.

Während der fünften Woche tauchten eines Morgens polnische Arbeiter mit riesigen Rollen Stacheldraht auf und begannen, unter der Aufsicht eines Deutschen, das Ghetto damit einzuzäunen. Die Arbeit dauerte vier Tage. Als sie beendet war, wurde dem *Judenrat* eine detaillierte Rechnung präsentiert. Soviel war für den Draht zu zahlen, soviel für die Arbeit, soviel für die Verpflegung der Arbeiter während ihrer Tätigkeit.

Plötzlich schrumpften die zweieinhalb Straßen zu einer großen Gefängniszelle zusammen. Solange die Schranke zwischen ihnen und der Außenwelt aus einer Anordnung und ein paar Wachen bestanden hatte, war den Juden die Illusion geblieben, noch Teil der Stadt zu sein. Der Stacheldraht zerstörte diesen Irrglauben und schnitt sie völlig vom Rest der Welt ab.

Und selbst von der Wasserpumpe waren sie abgeschnitten, obwohl sie nur wenige Meter vom Ghetto entfernt stand. Wegen der drei Häuser, in denen immer noch polnische Familien wohnten, die aus irgendwelchen Gründen nicht umgesiedelt worden waren, hatte von Holtzer angeordnet, daß die Pumpe außerhalb des Ghettos zu stehen habe. Polen sollten sich nicht dadurch erniedrigen, daß sie wegen Wasser ins Ghetto gehen müssen. Es mußte der polnischen Bevölkerung demonstriert werden, daß selbst der niedrigste Pole höher geschätzt wurde als alle Juden.

Dies war nicht alles. Polen, so stand es in der Verordnung, konnten zur Pumpe kommen, wann immer sie wollten, Juden hingegen durften Wasser nur zwischen sechs und acht Uhr morgens holen. Einzig für diesen Zweck wurde ein kleines Tor errichtet – damit die Juden mit ihren leeren Fässern hinaus und mit gefüllten zurückkehren konnten. Bewacht wurde das Tor von einem deutschen Soldaten und einem jüdischen Polizisten.

Mit dem Stacheldrahtzaun kam eine weitere Verordnung, die das Ghetto am härtesten traf: Fortan durften Arier das Ghetto nicht mehr betreten. Damit endete der Tauschhandel von Kleidung gegen Nahrung. Nichts mehr füllte die Hungerrationen auf.

Dennoch fanden einige Juden Mittel und Wege. Obwohl der Schmuggel von Nahrungsmitteln in das Ghetto streng verboten war, in einigen Fällen sogar mit der Todesstrafe geahndet werden sollte, entstand im Ghetto ein neuer Typ Jude: der Schmuggler. Das Leben im Ghetto mußte von Tag zu Tag gelebt werden, und jede Energie, jeder Scharfsinn und jede Erfindungsgabe mußte diesem Zweck gewidmet werden. Das war eine Vollzeitbeschäftigung.

6

Das Krankenhaus im Ghetto war eine sehr notdürftige Angelegenheit, ein umgebautes Lagerhaus, einstmals zur Lagerung von Korn und Mehl genutzt. Während des Jom Kippur-Pogroms war die mit schweren Riegeln versehene Tür eingeschlagen und das Lager geplündert worden. Frauen und Kinder, die die hundert Pfund schweren Säcke nicht tragen konnten, hatten diese aufgeschlitzt. Korn und Mehl war auf dem Boden verstreut worden. Das zog die Ratten der Nachbarschaft an. Die Tür, die nur noch an einer Angel hing, war nicht mehr zu schließen. Das war wie eine Einladung für herumstreunende Hunde. Passanten gingen in das Gebäude, um ihre Blase zu leeren. Innerhalb von drei Monaten war aus dem Lagerhaus ein Dreckloch geworden.

Als Dr. Weiss hörte, daß dies sein Krankenhaus werden sollte, war er entsetzt. »Dieser Schweinestall?« rief er aus. »Der Gestank nach Urin und Kot ist widerlich und abstoßend. Außerdem gibt es keinen Strom, keine Wasserleitungen, und der Boden ist aus Zement.«

»Es steht kein anderes Gebäude zur Verfügung«, erklärte ihm der Vorsitzende des *Judenrats*. »Entweder dieses oder keins. Wasser und Abwasser, da ist nichts zu machen.

Strom, vielleicht. Auf den Zementboden können Holzbretter gelegt werden. Aber erst muß saubergemacht werden, und dafür gebe ich Ihnen soviel Arbeiter, wie Sie brauchen.«

Zwölf Männer wurden für die Arbeit eingeteilt. Sie schrubbten den Boden, wuschen die Wände ab, entfernten die Eisengitter von den Fenstern, damit ein wenig mehr Sonnenlicht hereinkam, hingen die Tür wieder in die Scharniere, reparierten das Schloß und stellten mitten im Raum einen alten Böllerofen auf. Aber es gab keine Bretter für den Boden. Da es im Ghetto praktisch keine Kohle gab, war Holz zu einem wertvollen Rohstoff geworden. In der ersten Januarwoche bereits verfeuerten die Leute ihre Möbel als Brennholz, um etwas zu kochen oder um nicht zu erfrieren. So bedeckte ein merkwürdiger Flickenteppich aus alten Zeitungen, Fetzen dicken Sackleinens und Lumpen den Zementboden.

Nachdem dies alles erledigt war, wurde das Lagerhaus mit Karbolsäure desinfiziert. Als der Vorsitzende des *Judenrats* zur Inspektion vorbeikam, wandte er sich an Dr. Weiss. »Was habe ich Ihnen gesagt? Es riecht schon wie ein Krankenhaus.«

»Das stimmt«, antwortete der Arzt. »Jetzt brauchen wir nur noch ein Krankenhaus.«

»Geben Sie mir eine Liste, was Sie brauchen, und ich werde sehen, was ich tun kann.«

»Die Liste ist schnell gemacht. Ich brauche ein Röntgengerät, einige chirurgische Instrumente, Medikamente und Impfstoffe, Verbandstoff und Gaze, etwas Seife...«

Der Mann vom *Judenrat* nickte und lächelte spöttisch.

»Das ist eine unmögliche Liste, Doktor«, sagte er schließlich sehr ernst. »Nichts davon kann ich Ihnen besorgen. Alles, was ich tun kann, ist, das in von Holtzers Büro vortragen, und ich weiß im voraus, welche Antwort ich kriege – nein.«

»Sie haben nach einer Liste gefragt, und ich habe Ihnen eine Liste gegeben.«

»Ich meinte, eine realistische. Ich sage Ihnen, was ich tun kann. Ich kann ein paar Betten für Sie auftreiben. Ich weiß, daß ich einige alte Feldbetten bekommen kann. Was das Bettzeug angeht, da kann ich nichts versprechen. Was die Leute entbehren konnten, haben sie zumeist schon gegen Nahrungsmittel eingetauscht. Die Patienten werden ihr eigenes Bettzeug mitbringen müssen. Wenn wir eine Lieferung Kohle bekommen, hat das Krankenhaus Vorrang. Das gleiche gilt für Holz.«

»Sie haben noch nichts über die Verpflegung gesagt. Mindestens dreitausend Kalorien pro Person und Tag sind erforderlich, und die Deutschen erlauben uns gerade mal knapp dreihundert. Im Krankenhaus sollten es mindestens fünfmal soviel sein.«

»Jetzt verlangen Sie schon wieder Unmögliches. Trotzdem, in diesem Bereich werden wir etwas tun können. Ganz unter uns«, er senkte vertraulich die Stimme, »wenn wir mit den Zahlen ein wenig jonglieren... die Zahl der Patienten hin und wieder erhöhen... werden die Rationen hier größer werden.«

»Nach allem«, sagte der Arzt unzufrieden, »bleibt mir zwar der Geruch von Karbolsäure, aber kein Krankenhaus.«

Der Mann vom *Judenrat* gab keine Antwort. Aber als er schon am Gehen war, sagte er noch: »Was die medizinische Liste angeht ... da ist vielleicht auch noch nicht alles verloren. Mit einer üppigen Bestechung können wir ihnen da vielleicht etwas abluchsen. Die Deutschen mögen ›Geschenke‹, ... Gold, Juwelen. Wir werden sehen, was wir tun können.«

»Was ist mit Mitarbeitern?«

»Leute können Sie haben, so viele Sie wollen.«

»Ich hätte gerne meine frühere Schwester, Lena Bregman, als Oberschwester.«

»Wie ich gesagt habe, wen immer Sie wollen. Und geben Sie mir die medizinische Liste schriftlich.«

Eine Woche später wurde der Arzt zum Büro des *Judenrats* gerufen. Der Vorsitzende des *Judenrats*, ein kräftig wirkender, etwa vierzigjähriger Mann, lehnte sich in seinem Stuhl zurück und lächelte triumphierend. »Ich habe eine Überraschung für Sie, Doktor«, sagte er und deutete auf einen kleinen Karton auf seinem Schreibtisch. »Wissen Sie, was da drin ist?«

»Ich weiß.« Der Arzt nickte. »Instrumente.«

»Das stimmt. Die erste Antwort war immer nur ›nein‹. Aber ich war nicht mit leeren Händen gekommen, und ihr Truppenarzt, ein Oberst Stehlmann, unterscheidet sich nicht von den anderen, wenn es um Geschenke geht. Eine goldene Uhr für ihn und ein goldenes Armband für Frau Stehlmann haben ihn ein wenig weich gemacht. Genug, um uns diese Instrumente zu überlassen.«

Dr. Weiss nahm die Instrumente aus dem Karton und breitete sie auf dem Tisch aus. »Die kenne ich noch aus dem Krankenhaus«, sagte er. »Als wir das neue Hospital eröffneten, war es in jeder Hinsicht neu, das bedeutete auch die neuesten und modernsten Instrumente. Diese hier habe ich in den Lagerraum abgeschoben, genau in diesem Karton, und hoffte, daß ich sie eines Tages blankpoliert in meinem Zimmer in einen Glasschrank stellen würde, als Erinnerung an vergangene Tage und als ein Symbol des Fortschritts, den wir gemacht hatten.« Er verstummte. »Was für ein Fortschritt!« sagte er schließlich bitter. »Unser Krankenhaus. Wir haben es mit unserem Schweiß und unserem Geld gebaut. Und als es fertig war, haben wir seine Tore den Nichtjuden wie den Juden geöffnet... Und jetzt müssen wir wegen ein bißchen Watte und einem Fetzen Mull, dieser Handvoll Instrumente betteln gehen. Und weil wir gerade von Watte und Mull reden: Ich bin bisher mit dem ausgekommen, was ich aus meiner Praxis mitgenommen habe. Ein paar Tage wird es noch reichen. Vielleicht für eine weitere Golduhr...«

»Ich habe es versucht, Doktor. Nichts zu machen, nicht mal Seife.«

»Also hat er sich nur von dem getrennt, was völlig nutzlos für sie war – die ausgemusterten Instrumente. Dann werden Sie Watte und Mull besorgen müssen.«

»Ich?« Der Mann vom *Judenrat* sah ihn überrascht an.

»Ja. Ich bin sicher, daß Sie es schaffen können. Ich brauche alte Bettlaken. Sie können zerrissen und nicht mehr zu benutzen sein. Und ich brauche eine Baumwollmatratze, selbst wenn sie voller Löcher ist. Versuchen Sie, mir diese Sachen sofort zu besorgen.«

»Zerrissene Laken und eine Baumwollmatratze?« Der Mann sah ihn ungläubig an.

»Die Baumwolle aus den Matratzen werden wir kochen und sterilisieren. So haben wir Watte. Das gleiche machen wir mit den Laken, auf diese Art bekommen wir Bandagen.«

»Doktor, ich sehe schon, wir werden ein Krankenhaus haben.«

»Danach riechen tut es schon«, sagte Dr. Weiss und lächelte spöttisch.

7

Es gab im Ghettoleben von Lena und Herschel einen kleinen Lichtblick: ihre wiedergewonnene Privatsphäre. Weil Dr. Weiss sich wegen ihrer Schwangerschaft Sorgen machte und dank Herschels »goldenen Händen« hatten sie jetzt ein eigenes Zimmer im Krankenhaus. Außer ihnen besaß nur Dr. Weiss, ein fünfundfünfzigjähriger Witwer, dessen einziger Sohn, ein Rechtsanwalt, bei der Verteidigung Warschaus im September 1939 getötet worden war, ein eigenes Zimmer. Alle anderen Mitarbeiter, auch der junge Dr. Margolis, wohnten außerhalb des Krankenhauses.

Lenas und Herschels Zimmer mußte in die weitgestreckte offene Struktur des Lagerhauses hineingebaut werden. Eine Wand aus Holz und eine Tür wurden gebaut, ein Tisch und zwei Bänke. Herschel fand einen Herd mit einer Kochplatte und steckte genug Rohre zusammen, um den Rauch in den Hauptkamin zu leiten. Ihr Bett fanden sie in dem zusammengewürfelten Haufen von Betten, die der *Judenrat* für das Krankenhaus gesammelt hatte. Herschel hatte alle Arbeit für das Zimmer am Abend gemacht, nach einem langen Tag der Zwangsarbeit. (Dies war in der Zeit vor dem Stacheldrahtzaun, als die zurückkehrenden Arbeiter noch Bündel Brennholz oder Bretter in das Ghetto bringen durften.)

Schließlich gab es auch so etwas wie einen Schrank. Auch der stammte aus einem Haufen alter Möbel, die der *Judenrat* für das Krankenhaus zusammengebracht hatte. Dr. Weiss hatte keine Verwendung für ihn, aber bevor er ihn zurückgab, bot er ihn Lena an. Herschel begann, ihn zu reparieren und umzuarbeiten, machte ihn zu einem Universalbehälter, setzte Bretter ein, die fehlende Schubladen ersetzten. Kleiderbügel fertigte er aus weggeworfenen Drahtstücken und ergänzte sie mit allen möglichen Haken und Nägeln. Irgendwie entstand ein ›Bücherregal‹, ›ein Schuhständer‹ und ein ›Geheimfach‹ für ihre wenigen Schmuckstücke und wichtigen Dokumente wie Geburtsurkunden und Abschlußzeugnisse. Bisher waren alle Sachen in der Wiege verstaut gewesen, jetzt konnten sie alles im Schrank verteilen.

Ganz schnell erzwang das Leben eine Art Routine. Ihr Wecker klingelte morgens um halb sechs. Eine Stunde später meldete sich Herschel am Haupttor und marschierte mit der Brigade der Zwangsarbeiter zur Baustelle außerhalb des Ghettos. Der größte Teil dieser Stunde ging für das Warten vor dem Klosett drauf. Selbst diejenigen, die nicht zu einer Arbeitsbrigade gehörten, standen bei Sonnenaufgang auf. Der Kampf ums Überleben gebot den Menschen im Ghetto sehr früh aufstehen.

Die Sperrstunde um acht trieb die Leute von den Straßen und verwandelte die Zimmer in Gefängnisse innerhalb eines Gefängnisses. Da sie nirgendwohin gehen konnten und der Überlebenskampf sie erschöpft hatte, legten die Menschen sich schlafen. Eines Abends rebellierte Herschel gegen dieses Ritual. »Ich werde nicht zulassen, daß von Holtzer aus mir einen Roboter macht«, sagte er zu Lena. »Arbeit, Arbeit, nichts als Arbeit, vom Morgengrauen bis Sonnenuntergang, eine Kleinigkeit zu essen und dann ins Bett, damit der Körper am nächsten Morgen wieder fähig ist zu arbeiten, arbeiten und arbeiten. So muß es gewesen sein, als die Juden Sklaven beim Pharao waren. Selbst ein Pferd darf ein wenig auf dem Feld herumtraben, bevor es wieder in den Stall muß.«

»Und wo willst du traben, mein liebes Pferd, wenn das ganze Feld aus zweieinhalb schlammigen Straßen besteht, und selbst die zur Sperrstunde nicht betreten werden dürfen?«

»Wenn ich mich nicht selbst rumtreiben kann, dann doch meine Seele. Von Holtzers Sperrstunde gilt nicht für meine Seele.« Er ging hinüber zu dem Schrank und zog Dubnows Buch heraus. »Ich gestatte mir ein paar Freiheiten auf dem Feld der jüdischen Geschichte. Meine Seele ist am Verhungern, sie braucht ein wenig Nahrung. Wir haben Glück, weil wir ein eigenes Zimmer haben. Wir haben Ruhe genug, um ein Buch lesen zu können, ja, uns gegenseitig etwas vorzulesen, und wir nutzen das nicht. So wie jeder orthodoxe Jude den Tag mit dem Beten und Tfillin legen beginnt, werde ich meinen Tag mit ein wenig Dubnow beenden, ein wenig Peretz oder Scholem Aleichem. Du kannst ins Bett gehen, wenn dir danach ist. Ich werde noch etwas lesen.«

»Meine Seele braucht auch Nahrung«, sagte sie und setzte sich neben ihn auf die Bank. Die nächsten Stunden lasen sie sich abwechselnd vor. Von da an wurde das abendliche Vorlesen zu einem festen Ritual, auf das sie sich den Tag über freuten. Es gab ihnen das Gefühl, sie hätten etwas aus ihrem früheren Leben, das ewig zurückzuliegen schien, bewahren können.

Lena saß am Tisch und versuchte beim Schein der Kerosinlampe, aus der Baumwolle eine Strampelhose zu stricken. Immer wieder mußte sie aufhören und ihre Finger aneinander reiben oder sie mit ihrem Atem erwärmen, damit sie nicht steif wurden. Seit einigen Tagen war das Zimmer nicht geheizt worden, und die Kälte und Feuchtigkeit, die aus Steinwänden und Zementboden kam, hatten die verschiedenen Schichten Kleidung durchdrungen, die sie unter dem Wintermantel trug. Jeder Knochen tat ihr weh.

Vorhin hatte Herschel noch vorgelesen, dann aber wegen der Kälte aufgehört. Jetzt lief er im Raum auf und ab, um seinen Kreislauf in Schwung zu bringen und das Zittern zu bekämpfen. Lena war zu müde und zu schwer, um herumzulaufen. Sie war im sechsten Monat schwanger und den ganzen Tag im Krankensaal auf den Beinen gewesen. Sie schaute auf den kleinen Wecker, der neben der Lampe stand. »Herschel, weißt du, wie spät es ist?« Er schien sie nicht gehört zu haben. »Es ist halb zehn.« Als er wieder nicht antwortete, schaute sie vom Strickzeug auf. Wie gebannt starrte er in den türlosen Schrank. Vor einer Woche hatte er abends die Tür aus den Scharnieren gelöst und kleingehackt. »Wir kommen auch ohne aus«, hatte er seine Tat gerechtfertigt. »Du bist den ganzen Tag im

Krankenhaus, also besteht keine Gefahr, daß etwas gestohlen wird.« Sie hatte nichts gesagt. Andere im Ghetto waren schon viel weiter gegangen, als nur ihre Möbel als Brennholz zu nutzen. In ihrer Verzweiflung rissen sie die Bretter aus den Wänden und die Balken aus der Zimmerdecke.

»Herschel, du wirst doch die Regale nicht auch noch verbrennen? Die ganze Arbeit, die du da reingesteckt hast. Es ist eine Schande!«

Er ging vom Schrank weg und begann, wieder auf und ab zu laufen. Plötzlich wurde es still im Raum. Er hatte aufgehört, sich zu bewegen. Sie schaute auf und bemerkte, daß er vor der Wiege stand, mit dem gleichen starren Blick, den er gehabt hatte, als er vor dem Schrank gestanden hatte. Fast drang es nicht zu ihm durch, daß sie ihn beobachtete und beinahe hysterisch aufschrie: »Nein, Herschel! Nein! Nicht die Wiege!«

Er war so erschrocken von ihrem Aufschrei und dem schmerzhaften Ausdruck auf ihrem Gesicht, daß er zu zittern anfing. Einen Augenblick lang schien er unfähig, sich zu bewegen, als wäre er am Boden festgeklebt. Dann ging er hinüber zum Tisch und setzte sich neben sie auf die Bank. »Ich hätte es nicht über mich gebracht«, sagte er zerknirscht. »Ich weiß, ich hätte es nicht tun können, aber alleine die Tatsache, daß ich daran gedacht habe, beschämt mich. Vergibst du mir?«

»Natürlich vergebe ich dir. Aber du mußt mir versprechen, daß du dich nie, wie kalt es auch sein wird, verführen lassen wirst, die Wiege in Stücke zu hacken. Versprochen?«

»Ich verspreche es«, sagte er und nahm sie in den Arm. »Jetzt sollten wir ins Bett gehen.« Als wollte sie ihm Mut machen, sich in der Kälte zu entkleiden, zog sie ihren Mantel aus.

In diesem Augenblick hörten sie ein leichtes Klopfen an der Tür. Herschel ging nachsehen; es war Dr. Weiss. »Verzeihen Sie mir«, sagte er. »Aber ich sah noch Licht...«

Sie wußten, daß etwas Außergewöhnliches vorgefallen sein mußte. Dr. Weiss klopfte sehr selten zu dieser späten Stunde, egal, ob Licht an war oder nicht. Wenn es auf der Station einen Notfall gab, klopfte er in der Regel entweder bei der diensthabenden Schwester oder einem Pfleger. Herschel holte eine Bank für den Arzt, und Lena zog wieder ihren Mantel über.

»Ich war gerade beim *Judenrat*«, begann Dr. Weiss. »Sie hatten nach mir geschickt, um mir von Holtzers neuester Idee... etwas, das auch euch betrifft. Deshalb hatte ich das Gefühl, ich müßte jetzt mit euch reden.« Er machte eine Pause und senkte den Kopf, als könnte er ihnen bei der Nachricht nicht ins Gesicht sehen. »Morgen...« Er versuchte es wieder, stockte aber. »Morgen wird es an allen Mauern angeschlagen... Von nun an sind Schwangerschaften im Ghetto verboten.« Nachdem er es ausgesprochen hatte, sah er den beiden direkt ins Gesicht. Sie saßen in erschrecktem Schweigen, schauten ihn ungläubig an. »Von nun an...«, sagte Herschel schließlich. »Aber was ist mit denen, die schon schwanger sind?«

»Das ist es ja.« Der Doktor nickte. »Die Verordnung ist da nicht eindeutig. Die Deutschen, die eine Vorliebe dafür haben, ihre Anordnungen in allen Einzelheiten auszuformulieren, bleiben auf einmal unpräzise. Offen gesagt, ich bin mißtrauisch wegen dieser Ungenauigkeit. So sehr, daß ich, als einer aus dem *Judenrat* vorschlug, die Deutschen um Klärung zu bitten, davon abriet. Ihr kennt den Spruch: Wenn du eine Frage stellst, wirst du eine Antwort bekommen. Und die Antwort könnte, in diesem Fall, eine sein, die wir nicht haben wollen. Angenommen, sie sagen, daß die Verordnung nur für zukünftige Schwangerschaften gilt, und die Deutschen eine Liste der schwangeren Frauen verlangen. Muß ich euch sagen, was die Deutschen mit einer solchen Liste anfangen werden? Eines Tages tauchen sie mit der Liste in der Hand auf, holen alle Frauen zusammen und deportieren sie.«

Lena, die zu schockiert gewesen war, um etwas zu sagen, brach jetzt ihr Schweigen. »Also meinen Sie, daß Frauen in meinem Zustand nichts unternehmen sollen?«

»Ganz im Gegenteil«, antwortete der Arzt. »Die meisten Sorgen mache ich mir um die Frauen in Ihrem Zustand. Frauen am Beginn der Schwangerschaft werde ich dringend zur Abtreibung raten. Aber Sie sind dafür schon zu weit.«

»Was soll ich tun?« fragte sie verzweifelt.

»Frauen, die ihr Kind austragen müssen, sollten nicht von Holtzer über den Weg laufen. Kein Deutscher darf sie sehen. Sie werden im geheimen gebären und ihre Säuglinge versteckt halten müssen. Wie kann man einen Säugling versteckt halten, wo man praktisch keinen Augenblick allein sein kann? Ich weiß nicht. Zumindest hier habt ihr Glück. Ihr habt ein Zimmer für euch alleine. Die Geburt kann hier stattfinden, und ihr könnt euer Kind versteckt halten. Die Frage ist, wie man alles bis zur Geburt verbergen kann.«

»Ich kann mir nicht vorstellen, mich drei Monate lang hier in diesem Zimmer zu verstecken«, sagte Lena. »Ich werde verrückt werden und friere mich zu Tode.«

»Und ich kann es mir nicht leisten, Sie nicht auf der Station zu haben. Sie sind meine Oberschwester. Mit häufigen Ruhepausen können Sie noch zwei Monate lang arbeiten. Wichtig ist, daß Sie nicht da sind, wenn von Holtzer oder Stehlmann zu einem ihrer überraschenden Besuche kommen. Dann sollten Sie in Ihrem Zimmer bleiben.«

»Aber wie kann man sich gegen einen überraschenden Besuch schützen?« wollte Herschel wissen.

»Das ist ein Problem. Aber ich denke, es kann gelöst werden. Sie gehen normalerweise zuerst zum *Judenrat*. Ich kann mit Gewirtzer reden und ihn bitten, uns im voraus zu warnen. Den wirklichen Grund muß ich ihm nicht nennen. Ich kann ihm sagen, ich müßte erst noch ein wenig aufräumen. Zusätzlich sollten wir wachsam bleiben. Vorsichtig. Und da wir von Vorsicht reden, schlage ich vor, daß Sie das hier sofort beseitigen«, sagte er und zeigte auf die Wiege.

»Aber sie ist für das Kind!« rief Lena entsetzt aus.

»Gerade deshalb müßt ihr sie loswerden«, sagte der Arzt. »Es gibt nur einen Grund für eine Wiege in dem Zimmer – ein Kind.«

»Es tut mir leid.« Lena hielt die Tränen zurück. »Es war dumm von mir, das nicht zu begreifen.«

»Nicht dumm, Lena, menschlich. Sie sind eine schwangere Frau.« Er stand auf. »Ihr solltet jetzt beide schlafengehen. Es tut mir leid, der Überbringer von schlechten Nachrichten gewesen zu sein.«

»Gehen Sie noch nicht, Doktor«, sagte Herschel. »Bleiben Sie noch. Wir machen Tee.«

»Tee?« Der Arzt schaute erst Herschel an, dann den erloschenen Herd. »Ich weiß, Sie haben begabte Hände, ...aber ich wußte nicht, daß Sie Wunder wirken können.«

»Keine Wunder, Doktor. Ich folge nur Ihrem Rat.« Er nahm die wenigen Haushaltssachen heraus, die in der Wiege lagen, und holte ein Beil aus seinem Werkzeugkasten. Mit einigen raschen Hieben zerlegte er die Wiege. Lena bedeckte ihre Augen und schluchzte leise. Der Arzt legte ihr die Hand auf die Schulter. »Er tut, was er tun muß, Lena«, sagte er tröstend. »Sie wissen, er kann mit seinen Händen Wunder wirken. Heute nimmt er die Wiege auseinander. Wenn das Kind kommt, kann er vielleicht eine neue bauen. Man kann nicht vorhersagen, was in drei Monaten sein wird.«

Minuten später standen sie um den kleinen Herd und hielten ihre Hände darüber. Es sah wie ein Segnungsritual aus, war aber der Wärme wegen. Als das Wasser kochte, brühte Lena etwas von dem Ersatz-Tee auf, den Herschel in seinem Werkzeugkasten ins Ghetto hatte schmuggeln können. Ihre Hände umklammerten die heißen Gläser, als sie genüßlich die dampfende, heiße Flüssigkeit schlürften. »Tee an einem Abend wie diesem«, sagte der Doktor, »das schmeckt besser als Cognac.«

»Nicht einfach Tee«, meinte Herschel. »Tee auf einem Feuer aus bestem Mahagoniholz gekocht!«

»Wo sonst gibt es für Juden einen solchen Luxus, wenn nicht im Ghetto?«

Zum ersten Mal an diesem Abend konnte auch Lena ein wenig lächeln.

Zweiter Teil
8

Der kleine David war anderthalb und gesund; trotzdem hatte er das Krankenhaus noch nie verlassen. Seine Existenz blieb ein sorgsam gehütetes Geheimnis. Außer den Eltern und Großeltern wußten nur Schwestern und Ärzte von dem Kind. Da er nicht beim *Judenrat* registriert werden konnte, mußten seine Eltern auf eine weitere Lebensmittelkarte verzichten. Aber Dr. Weiss sorgte dafür, daß der Kleine nicht verhungerte. Er schrieb einen zusätzlichen Patienten auf seine tägliche Liste und erhöhte damit die Krankenhausrationen.

Und dann gab es natürlich noch seinen Vater. Jetzt, da er einen kleinen Sohn zu versorgen hatte, wagte Herschel mehr, wenn sich sein Erfindungsreichtum mit der Brutalität der Wachen maß und er Nahrungsmittel ins Ghetto schmuggelte. Sein *Facharbeiter*-Ausweis ermöglichte es ihm, seinen Werkzeugkasten auch dann mitzunehmen, wenn er nur ganz gewöhnliche Arbeiten verrichtete. Er hatte den Kasten mit einigen Geheimfächern ausgestattet, groß genug, um ein paar Gramm Butter oder einige Scheiben Speck aufzunehmen. Einmal, als der kleine David eine Lungenentzündung hatte und zwischen Leben und Tod schwebte, schaffte Herschel es, für den Preis eines goldenen Rings die nötige Medizin zu bekommen und sie in das Ghetto zu schmuggeln.

Die größte Herausforderung für seinen Erfindergeist gab es, als er eines Tages die Möglichkeit hatte, ein frisches Ei zu kaufen. Er mußte das Angebot ablehnen. Sein Werkzeugkasten enthielt nicht ein einziges Geheimfach, das dafür geeignet war, etwas so Zerbrechliches wie ein Ei zu schmuggeln. »Tut mir leid, Babuschka«, sagte er. »Heute fehlte es mir an Kleingeld. Ein anderes Mal bin ich besser vorbereitet.«

Der Gedanke, daß er sich ein Ei hatte entgehen lassen müssen, verfolgte ihn den ganzen Tag über. Noch nie hatte sein Sohn ein Ei gegessen. Am Abend ging er nicht ins Bett, bis er es geschafft hatte, aus einer Kupferplatte ein rundes ausgehöhltes Werkzeug zu konstruieren. Er machte es groß genug, damit es nicht nur ein, sondern zwei Eier aufnehmen konnte. Dann lötete er aus demselben Material eine Röhre, die nur den Zweck hatte, das Ganze wie ein echtes Werkzeug aussehen zu lassen. Am nächsten Morgen nahm er es mit zur Arbeit, damit die Wachen sich an den Anblick gewöhnten, wenn sie seinen Werkzeugkasten durchsuchten.

Neugierig, ob es funktionierte, probierte er sein neues Gerät mit anderen Lebensmitteln aus, die nicht in die flachen Fächer paßten – einer Kartoffel, einer roten Rübe, einer Zwiebel, einem Apfel. Er brachte alles sicher durch das Tor.

Eines Tages hatte er die Gelegenheit, einen Hering zu kaufen. Vor dem Krieg etwas ganz Alltägliches, war der Hering jetzt im Ghetto eine echte Delikatesse. Herschel konnte der Versuchung nicht widerstehen. Er rollte den Hering zu einem Ball zusammen und konnte ihn so in den kupfernen Behälter drücken. Erst als er den Werkzeugkasten für die Durchsuchung aufmachte, erkannte er seinen Fehler. Er hatte nicht an den Geruch gedacht. Der Hering lag seit der Mittagspause dort und hatte in den folgenden Stunden den Kasten mit seinem unverwechselbaren Duft ausgefüllt. Der Wachmann schnüffelte, rümpfte die Nase und warf dann die Werkzeuge auf den Boden. Es war ein angespannter und angsterfüllter Augenblick für Herschel, während er zusah, wie der Wachmann die Werkzeuge mit der Stiefelspitze auseinanderschob. »Na gut. Heb sie wieder auf«, bellte er schließlich. Dann durchsuchte er Herschel äußerst gründlich, ließ seine Hände die Hosenbeine und Ärmel auf- und abgleiten, drehte die Taschen nach außen. Endlich ließ er, immer noch mißtrauisch schauend, Herschel passieren.

Erst weit jenseits des Tores wurde es Herschel bewußt, wie gefährlich nahe er einer Katastrophe gewesen war. Obwohl er nicht allzu leicht zu ängstigen war, schüttelte es ihn inwendig. Er beschloß, Lena nichts von seinem Erlebnis zu erzählen. Als sie wie immer fragte: »Wie ging es am Tor?« antwortete er: »Gib mir einen Teller, dann wirst du es sehen.«

»Du hast ein Ei gebracht?«
»Nein, kein Ei. Hast du noch Zwiebeln übrig?«
»Eine halbe.«
»Eine halbe wird reichen.«

Sie legte die Zwiebel neben den Teller und wartete. Herschel öffnete den Werkzeugkasten, und sie schaute hinein. »Sollte ich hier etwas besonderes sehen?« fragte sie.

»Du solltest etwas riechen. Steck deine Nase rein.«

Sie beugte den Kopf und schnüffelte in dem Kasten. »Es riecht nach Hering«, sagte sie.

»Eine gute Nase.« Er zog das kupferne ›Werkzeug‹ heraus, und sie betrachtete verblüfft den eng zusammengerollten Fisch. »Tatsächlich, ein Hering!« rief sie aus. »Wieso hat der Wachmann nichts gerochen?«

»Vielleicht hatte er eine Erkältung.«

»Herschel!« Sie schaute ihn an und schüttelte mißbilligend den Kopf. »Und wenn er keine Erkältung gehabt hätte? Lohnt es sich, das Leben für einen Hering zu riskieren?«

»Nein. Und ich werde mich nicht mehr hinreißen lassen. Aber es ist gutgegangen, und der Hering ist auch nicht schlecht. Also, laß uns feiern.«

Aus alter Gewohnheit wollte sie den Hering häuten, bevor sie ihn in Stücke schnitt. Dann aber änderte sie ihre Meinung. Den Hering zu häuten, das war Vorkriegsluxus. Jetzt wäre es eine verbrecherische Verschwendung. Sie spülte den Fisch rasch ab, um die Schuppen zu entfernen, ohne den natürlichen Saft des Herings zu vergeuden. Dann schnitt sie ihn sorgfältig in gleich große Stücke und dekorierte ihn mit Zwiebelringen. Sie schauten beide darauf, als erblickten sie ein Wunder. »Herschel«, meinte Lena, »was denkst du, sollten wir Dr. Weiss rufen und ihm etwas anbieten?«

»Ich habe auch daran gedacht, aber noch gezögert.«

»Also sage ich es. Geh. Sag ihm aber nichts. Lade ihn einfach ein.«

Sobald Herschel das Zimmer verlassen hatte, deckte sie den Tisch mit einer der Leinenservietten, die sie mitgebracht hatte.

»Wer nimmt die Enthüllung vor?« fragte Herschel, als sie zu dritt um den Tisch standen.

»Diese Ehre gebührt der Dame des Hauses«, meinte der Arzt als Kavalier bester Schule.

»Ich ziehe zu Ihren Gunsten zurück, Doktor.«

»Wenn Sie darauf bestehen.« Er hob vorsichtig die Serviette hoch und ging erstaunt einen Schritt rückwärts. »Mein Gott, Herschel«, rief er aus. »Ich wußte, daß Sie begabte Hände haben, aber wie haben Sie einen Hering an den Wachen vorbeigeschafft?«

»Soll ich das Geheimnis verraten, Lena?« fragte Herschel und zwinkerte verschmitzt.

»Ja.« Sie nickte. »Ich glaube, da ist keine Gefahr.«

Herschel nahm sein neues ›Werkzeug‹ aus dem Kasten und gab es dem Arzt.

»Wie zum Teufel haben Sie einen Hering durch diese enge Röhre gezwängt?« fragte der Arzt. »Sie haben zwar begabte Hände, aber Sie sind doch kein Zauberer.«

Mit einer raschen Drehung der Hände nahm Herschel das ›Werkzeug‹ auseinander.

»Sie sind doch ein Zauberer«, sagte Dr. Weiss und betrachtete die beiden Teile des Behälters.

»Eigentlich war es dafür gedacht, ein Ei hereinzuschmuggeln, falls ich mal eins bekommen würde. In der Zwischenzeit kam der Hering vorbei. Wie hätte ich da nein sagen können?«

Der Doktor war in Gedanken versunken. Immer noch

studierte er die beiden Hälften des ›Werkzeugs‹. Schließlich sagte er: »Herschel, Sie wissen nicht, wie glücklich ich über Ihre neue Erfindung bin. Vor kurzem habe ich es geschafft, Kontakt zu dem Angestellten eines Apothekers zu bekommen. Irgendwie kenne ich ihn aus den guten alten Zeiten. Er versprach – für eine ordentliche Summe natürlich –, mir einen Impfstoff gegen Typhus zu schikken, wenn er welchen in die Hand bekäme. Heutzutage ist dieser Impfstoff sein Gewicht in Gold wert. Das Problem ist, wie man ihn durch das Tor bekommt. Wenn er ihn zu Ihnen bringt, dorthin, wo Sie arbeiten, wären Sie bereit...«

»Das fragen Sie noch, Doktor?«

9

Es war ein Tag im April, als die Brigade der Zwangsarbeiter zurückkehrte, und die Männer sahen, wie sich ihre Familien auf beiden Seiten des Tores an den Zaun drängten, Frauen, wie wild ihren Männern zuwinkten, Mütter ihren Söhnen. Die tränenüberströmten, traurigen Gesichter leuchteten für einen Augenblick der Freude auf, als sie ihre Liebsten erblickten. Sie hatten befürchtet, daß das, was im Ghetto passiert war, auch auf den Arbeitsstellen hätte geschehen sein können. Sie hatten nicht erwartet, die Männer wiederzusehen.

Sobald die Männer das Tor hinter sich hatten und erfuhren, was passiert war, ging ein Klagen durch das Ghetto. Die Deutschen hatten eine *Aktion* durchgeführt. Vierhundert Juden waren mit unbekanntem Ziel weggeschleppt worden. Meist waren es Frauen gewesen, Kinder, ältere Menschen: die unproduktiven Elemente, wie die Deutschen sagten.

Es gab kaum eine Familie, die nicht von der *Aktion* betroffen war. Herschel verlor seine Mutter, Lena ihre beiden Eltern. Wie durch ein Wunder wurde der kleine David gerettet. Einige SS-Männer waren mit gezogener Waffe in das Krankenhaus gestürmt. Einer von ihnen griff nach Isaac und schleppte ihn raus. »Er arbeitet hier«, hatte Dr. Weiss protestiert. »Einer meiner Pfleger.«

»Du kommst ohne ihn aus«, hatte der SS-Mann geantwortet. »Von jetzt an gibt es hier weniger Arbeit.«

Ein anderer SS-Mann hatte die Tür zu Lenas Zimmer aufgerissen, es leer vorgefunden und war mit den anderen weggegangen. Hätte er unter das Bett geschaut, würde er David entdeckt haben, der im Wäschekorb lag, der ihm als Bett diente. David gab keinen Laut von sich, als wüßte er, daß davon sein Leben abhing.

In dieser Nacht blieb das Ghetto wach. Die Übriggebliebenen der Familien steckten die Köpfe zusammen, waren abwechselnd voller Verzweiflung und Hoffnung. Die Verzweiflung saß tief, die Hoffnungen waren auf Luft gebaut. Die Deutschen hatten es dem *Judenrat* gesagt, und der *Judenrat* hatte die Information im Ghetto weitergegeben: Jene, die bei der Aktion mitgenommen worden waren, wurden abtransportiert zur *Umsiedlung in den Osten*, näher an die Front, wo sie für die Wehrmacht arbeiten und den Krieg überleben würden.

Stundenlang quälten sie sich mit dieser Geschichte, versuchten, sie sich selber glauben zu machen, sie auf eine Art zu interpretieren, die eine Hoffnung lebendig halten würde. Wer weiß, vielleicht meinten die Deutschen diesmal, was sie sagten. Näher an der Front, da, wo es an Arbeitskräften mangelte, könnten selbst die Alten und Frauen nützlich sein – Uniformen waschen und flicken, Kartoffeln schälen. Wer weiß? Andererseits, wer kann deutschen Versprechungen glauben? Und welche Art von Arbeit kann man von Vier- oder Fünfjährigen erwarten, von

Kranken und Schwachen? Sie würden kaum den Transport an die Front überleben, ganz zu schweigen von der Arbeit dort. Andererseits... Wie verzweifelt sie sich an die winzigste Hoffnung klammerten, selbst wenn sie auf den merkwürdigsten Begründungen aufgebaut war.

In dieser Nacht saßen vier Männer und eine Frau hinter einer Tür, an der ein hölzernes Brett hing, auf dem ACHTUNG TYPHUS geschrieben stand. Sie saßen auf den zwei freien Liegen. Es waren Lena und Herschel, Dr. Weiss, Mendel – der älteste Sohn des Wasserträgers –, Feivel und Schymek, dem die Widerstandsbewegung befohlen hatte, sich zur jüdischen Polizei im Ghetto zu melden, damit sie besser über die Aktivitäten des *Judenrats* informiert waren. Schymek war es gewesen, der Lena während der Schwangerschaft und auch noch später, nach Davids Geburt, gewarnt hatte, wann immer von Holtzer im Ghetto auftauchte.

Diese fünf waren die Leitung der etwa sechzig Mitglieder des Widerstands im Ghetto. Sie waren hauptsächlich jüngere Leute mit den unterschiedlichsten politischen Überzeugungen. Normalerweise trafen sie sich in diesem Raum, hier war es am sichersten. Aus Angst vor der ansteckenden Krankheit würden die Deutschen diesem Raum nicht nahe kommen. Selbst während seiner Inspektionen machte Stehlmann in der Regel einen Bogen darum, und wenn sie hineinschauten, dann mußte Dr. Weiss die Tür öffnen, weil er mit seinen eigenen Händen den Türknopf nie anfassen würde.

Dr. Weiss hielt die Typhus-Patienten unter anderer Diagnose in einem anderen Teil des Krankenhauses auf einer offenen Station, während der Typhus-Raum leer blieb, damit er den Deutschen sagen konnte, daß es keine Typhus-Fälle im Ghetto gab. So wurde dies im Laufe der Zeit der Versammlungsraum des Widerstands, und hier war auch der einzige Revolver versteckt gewesen, den diese Widerstandsgruppe hatte organisieren können. Der Revolver hatte unter der Matratze eines der Feldbetten gelegen. Jetzt waren die einzigen »Waffen«, die unter den Matratzen steckten, zwei Flaschen mit Benzin und einige selbstgemachte Beile. Was aber war mit dem Revolver geschehen?

Vor drei Monaten, in einer kalten Februarnacht, erzählte Feivel in eben diesem Typhus-Raum seinen Genossen die Geschichte des Revolvers. Es war der Bericht eines gründlich mißlungenen Auftrags. Seine Aufgabe war es gewesen, sich in den Wald, etwa zwanzig Kilometer von der Stadt entfernt, durchzuschlagen und dort zu versuchen, mit einer Partisaneneinheit der Heimwehr Kontakt aufzunehmen. Sie sollte irgendwo dort in der Gegend operieren. Er hätte ihnen mitteilen sollen, daß einige junge, kampfwillige Juden im Ghetto bereit waren, sich den Partisanen anzuschließen, und daß er geschickt worden war, um herausbekommen, welches der schnellste und sicherste Weg in den Wald wäre.

Er gehörte zur gleichen Arbeitsbrigade wie Herschel, und die beiden hatten ausgemacht, daß Herschel zu einem verabredeten Zeitpunkt während der kurzen Mittagspause die Wachen ablenken würde, damit Feivel verschwinden konnte. Er sollte dann die Armbinde mit dem Davidstern abstreifen, zur Busstation laufen und den ersten Bus in das

Dorf in der Nähe des Waldes nehmen. Er hatte Geld genug dabei, um einen Bauern zu überreden, ihn für eine Nacht aufzunehmen, ihm Essen zu geben, und mit etwas Glück würde Feivel von ihm auch etwas darüber erfahren, wo die Partisanen lagen. Er hatte den Revolver dabei, um sich aus einer eventuellen Klemme zu befreien. Und dazu noch eine winzige Phiole mit Zyankali, einem sofort wirkenden Gift, für den Fall, daß er den Deutschen in die Hände fiel.

Bis zum Nachmittag des zweiten Tages war das Glück mit ihm gewesen. Dann hatte er Kontakt zu den Partisanen bekommen. Als polnischer Jude war ihm der Antisemitismus nicht unbekannt, aber jetzt, da das Land von einem gemeinsamen Feind besetzt war, hatte er eine andere Haltung erwartet. Aber er merkte sofort, daß sich nichts geändert hatte. Zumindest nicht bei diesen Partisanen. Nachdem er ihnen das Ziel seiner Mission genannt hatte, wurde er gefragt, ob er Waffen hätte. Als er seinen Revolver zeigte, wurde er ihm weggenommen, und er sah ihn nicht wieder. »Wir können ihn besser gebrauchen«, sagte der Anführer. »Ihr Juden seid keine Kämpfer, ihr seid Händler.«

Wann hatte er das schon einmal gehört? »Gebt uns eine Chance, und ihr werdet sehen!«

»Wir brauchen eure Hilfe nicht. Wir können unseren Krieg selber kämpfen. Wir wissen, was für Kämpfer ihr Juden seid. Beim ersten Anzeichen von Gefahr lauft ihr in die andere Richtung.«

»Und das mit vollen Hosen«, fügte einer von ihnen hinzu und erntete dabei allgemeines Gelächter.

»Ihr Juden könnt zwei Dinge besonders gut«, warf einer ein, »Geschäfte machen und zu eurem Gott beten.« Das unterstrich er mit der spöttischen Nachäffung eines Juden, der die Schläfenlocken zwirbelt.

Der Anführer steckte die Köpfe mit zwei, drei anderen zusammen und wandte sich dann wieder Feivel zu. »Das ist ein deutscher Revolver. Wo hast du den her?«

»Wir haben ihn einem Polen für fünftausend Zloty abgekauft.«

»Und woher wissen wir, daß du kein Spion bist, von den Deutschen geschickt, um unser Lager auszukundschaften?«

»Ich bin Jude, ich will meine Feinde vernichten, nicht für sie arbeiten.« Er zeigte ihnen die Phiole mit Zyankali. »Ihr wißt, was mit mir passiert, wenn die Deutschen mich außerhalb des Ghettos erwischen. Deshalb trage ich das bei mir.«

»Was hast du sonst noch?«

»Ein paar Zloty, damit ich zurück ins Ghetto komme.«

Sie durchsuchten ihn von Kopf bis Fuß und fanden nur noch die Armbinde mit dem Davidstern. Dann wurde er zum Rand des Waldes eskortiert, und man ließ ihn gehen.

Er schaffte es, am späten Nachmittag zurück in der Stadt zu sein und sich unter die Zwangsarbeiter zu mischen, bevor sie zurück ins Ghetto marschierten.

Nachdem sie die Waffe und die Hoffnung, sich der Heimwehr anschließen zu können, verloren hatten, beschloß die Gruppe, weiter nach Waffen Ausschau zu halten und selbst welche herzustellen. Damals begannen sie, Beile zu konstruieren und Benzin zu lagern.

Drei Monate später hatten sie noch immer keinen einzigen Revolver. Als sie ihre Situation im Licht der jüngsten *Aktion* einschätzten, stellten sie fest, daß sie nicht nur Isaac, den Krankenpfleger, verloren hatten, sondern auch einige junge Frauen, die von der Straße weggeschleppt worden waren, um die Zahl von vierhundert, die die Deutschen vorgegeben hatten, zu erfüllen. Von den Nachrichten, die sie aus den Ghettos der benachbarten Städte erhielten, wußten sie, daß die Tage ihres Ghettos gezählt waren und sie sich auf den Tag vorbereiten mußten, an dem die Deutschen mit ihren Helfern, den Faschisten der Stadt, in das Ghetto einmarschieren würden, um sie alle zu liquidieren.

Als Lena und Herschel in ihr Zimmer zurückkehrten, blieben sie noch auf und sprachen darüber, was sie am meisten beschäftigte – der kleine David. Sie wußten jetzt, daß er nur auf der arischen Seite eine Chance zu überleben hatte. Aber wen kannten sie auf der arischen Seite, wer wäre bereit, für die Dauer des Krieges ein jüdisches Kind bei sich aufzunehmen? Es gab einige wenige Juden im Ghetto, die es mit den richtigen Verbindungen und einer enormen Summe Geld geschafft hatten, Zuflucht bei polnischen Familien zu finden. Sie aber hatten weder diese Verbindungen noch dieses Geld.

Herschel meinte irgendwann einmal: »Im Augenblick fällt mir nur ein Pole ein, der genug Mitgefühl für unsere Situation haben könnte. Und wenn er selber nichts tun kann, wird er vielleicht mit einem guten Rat helfen. Das ist Herr Bielowski, der Architekt.«

»Der Mann, der dir geraten hat, das Faß mitzunehmen?«

»Und einen Wackelkontakt in seinem Büro erfunden hat, damit ich früher nach Hause konnte – an diesem berühmten Freitag.«

»Du hast ihn lange nicht erwähnt.«

»Ich habe ihn lange nicht gesehen.«

»Wie willst du dann Verbindung mit ihm aufnehmen?«

»Er arbeitet in der Wohnungsbau-Abteilung. Ich muß einen Weg finden, wie ich ihm eine Nachricht zukommen lassen kann. Na ja, wenigstens haben wir irgendeinen, mit dem Kontakt möglich scheint.«

In diesem Augenblick hörten sie ein leichtes Klopfen an der Tür. Es war Dr. Weiss. Er entschuldigte sich, weil er so spät noch geklopft habe. »Ich wollte Sie eigentlich nur um einen Gefallen bitten«, sagte er zu Herschel, blieb aber in der Tür stehen. »Wie Sie wissen, haben sie Isaac mitgenommen, der auch unser Wasserträger war. Würden Sie uns ein Faß Wasser bringen, bevor Sie zur Arbeit gehen? Es wird ein oder zwei Tage dauern, bis der *Judenrat* einen Ersatz schickt.«

»Ich hole das Wasser.«

»Das Faß ist in der Küche. Und Sie müssen nicht in der Schlange stehen. Sagen Sie dem Polizisten einfach, Sie kämen vom Krankenhaus, dann läßt er Sie gleich vor.«

Es war eine gute Sache, daß das Krankenhaus dieses Vorrecht besaß. Hätte er in der Schlange anstehen müssen, wäre seine Arbeitsbrigade ohne ihn weggegangen. So kam er schnaufend und keuchend gerade noch rechtzeitig am Haupttor an.

Er arbeitete im Eisenbahnlager, aufladen und abladen, eine körperlich schwere Arbeit, die nicht das geringste mit seinen speziellen Kenntnissen zu tun hatte. An einem Tag wie diesem war das von Vorteil. Er hatte den Kopf frei, seine Gedanken auf das drängendste Problem zu konzentrieren: Wie konnte er mit dem Architekten Kontakt aufnehmen? Er begann, sich eine Nachricht zurechtzulegen. Nach einigen Versuchen entschloß er sich zu folgender:

Lieber Herr Bielowski,
was die Kontakte angeht, die sich gelöst haben und die ich für Sie reparieren soll, ich würde das gerne machen, wann immer Sie wollen. Gegenwärtig arbeite ich im Eisenbahnlager und habe meinen Werkzeugkasten bei mir.
Der Elektriker

Er dachte daran, den Brief mit der Post zu schicken, entschied sich aber nach einigem Nachdenken dagegen. Man konnte nie wissen, in wessen Hände der Brief fiel. Die Deutschen könnten einen Mann in der Wohnungsbau-Abteilung haben, dessen Aufgabe es war, die Augen offenzuhalten. Ein nicht unterschriebener Brief ohne Absender mußte Verdacht erregen. Nein, mit der Post schicken kam nicht in Frage. Der Brief mußte von jemand Vertrauenswürdigem Bielowski persönlich übergeben werden. Es gab einige polnische Arbeiter im Eisenbahn-Lager, die Tauschgeschäfte mit den Juden aus dem Ghetto machten. Für eine schöne Belohnung würde wohl einer von ihnen den Brief weiterleiten. Aber bald wurde Herschel klar, daß dies nicht der richtige Einfall war. Wenn er eine mysteriöse Botschaft ohne vorherige Warnung durch einen total Unbekannten bekam, mußte der Architekt wohl mißtrauisch werden. Er könnte denken, dies wäre eine Falle der allgegenwärtigen Gestapo. Und um sich sofort von jedem Verdacht zu reinigen, würde er die Botschaft dem Überbringer zurückgeben und sagen: ›Es tut mir leid, da muß ein Mißverständnis vorliegen. Ich habe niemanden gebeten, gelöste Kontakte zu reparieren. Und ich kenne keinen Elektriker, der im Eisenbahnlager arbeitet.‹ Das wäre das Ende seiner Verbindung zu Bielowski.

So blieb nur eine Möglichkeit: anrufen. Er selbst. Jeder andere Anrufer würde den gleichen Verdacht erregen wie ein Bote. Herschel wußte, daß es eine Telefonzelle im Warteraum des Bahnhofs gab. Aber für die Juden aus dem Ghetto war das verbotenes Gelände. Er konnte einen Moment während der Mittagspause abwarten, in dem Feivel für ihn das tun würde, was er früher für Feivel getan hatte – die Wachen lange genug ablenken, damit er hinter die Mauer des Reparaturschuppens verschwinden, die Armbinde mit dem Davidstern ausziehen, den Hof verlassen und den Bahnhof wie jeder andere Reisende betreten konnte.

Aber sobald er den Plan im Kopf hatte, verwarf er ihn schon wieder. Zuviel hing von Sekundenbruchteilen ab. Wenn irgend etwas schiefging und er geschnappt wurde, würde man ihn wegen eines vermeintlichen Fluchtversuchs erschießen. Nein, er mußte sich etwas weniger Riskantes ausdenken. Und dies mußte noch vor der Mittagspause geschehen, oder er würde einen ganzen Tag verlieren. Und Zeit war kostbar.

Eine viertel Stunde vor der Mittagspause tauchte durch einen Zufall die Lösung auf. Herschel hatte von dem Aufseher die Erlaubnis bekommen, auf die Toilette zu gehen. Als er dort hinkam, war sie besetzt. Er wartetet eine Weile, und der Streckenwärter erschien. Er war ein Mann weit jenseits der Sechzig, und in normalen Zeiten wäre er schon längst pensioniert gewesen, aber wegen dem kriegsbedingten Mangel an erfahrenen Eisenbahnern hatte er seine Arbeit behalten können. Er war ein freundlicher Mann, der deutlich seine Sympathie für die jüdischen Zwangsarbeiter zeigte. An sehr kalten Tagen brachte er eine Thermoskanne mit heißem Tee aus der Bahnhofsküche und verteilte ihn unter den Arbeitern.

Er begrüßte Herschel freundlich und nickte traurig. »Ich habe gehört, was gestern im Ghetto passiert ist.« Er sah sich um und fügte leise hinzu: »Dafür werden sie bezahlen. Der Tag der Abrechnung wird kommen.« Er drückte Herschels Arm und war dabei zu gehen, als Herschel fragte: »Darf ich Sie um einen Gefallen bitten?«

»Wenn ich ihn erfüllen kann, gerne.«

»Ich muß jemand anrufen. Es ist sehr dringend.«

»Geben Sie mir die Nummer, und ich mache es für Sie.«

»Danke. Aber ich muß das selber machen.«

»Sie möchten in den Wartesaal gehen?« Der alte Mann sah ihn erstaunt an. »Wie kann ich Ihnen dabei helfen?«

»Wenn Sie so nett wären, und mir für ein paar Minuten Ihren Mantel und Ihre Mütze geben.«

Nach einer langen Pause sagte der Streckenwärter: »Es ist eine sehr gefährliche Sache, die Sie da versuchen. Was, wenn Sie geschnappt werden?«

»Das Risiko muß ich eingehen. Es ist die einzige Möglichkeit, mein Kind zu retten.«

Der alte Mann überlegte einen Augenblick, dann legte er die Hand auf Herschels Schulter, schaute sich um und flüsterte: »Ich bin ein alter Mann. Ich riskiere das, zusammen mit Ihnen.«

Sie zwängten sich in die Toilette, und Herschel bekam Mantel und Mütze. »Ich warte hier«, sagte der Alte. »Wenn Sie zurück sind, klopfen Sie und rufen meinen Namen.«

Das Glück war auf Herschels Seite. Bielowski war in seinem Büro. Herschel ging davon aus, daß die Deutschen alle Telefone in der Stadt überwachten, und wich deshalb nicht von der vorbereiteten Nachricht ab. Als er geendet hatte, war völlige Stille am anderen Ende der Leitung. Herschel hatte das gespenstische Gefühl, ins Leere gesprochen zu haben. Es schien eine Ewigkeit zu dauern, aber dann hörte er Bielowskis Stimme. »Ich versuche, Sie am Nachmittag zu treffen.«

10

Nach Herschels Anruf nahm Tadeusz seine Arbeit wieder auf, die momentan aus einem Auftrag der Heimwehr bestand, deren Mitglied er war. Als Mitarbeiter der Wohnungsbau-Abteilung saß er in einer strategisch wichtigen Position. Er hatte problemlos Zugang zum Einwohnerregister und der Hausbelegungsliste. Wenn also jemand aus der Heimwehr, egal ob es ein Partisan aus den Wäldern oder ein durchreisender Funktionär war, eine Unterkunft brauchte, frisierte Tadeusz die Register so, daß der Name und die Anschrift, die auf der Kennkarte des Mannes erschienen, genauso in den Registern der Stadt auftauchten. Sollte es aus irgendwelchen Gründen Schwierigkeiten mit der Kennkarte geben, so bewies die Kartei in der Registratur der Stadt, daß alles in Ordnung war.

Kurz vor Mittag hatte Tadeusz einen Anruf von einem Mann bekommen, der erzählte, er sei gerade aus Krakau gekommen und wolle Grüße von Tadeusz' Cousin überbringen. Sie plauderten eine Weile über diesen nichtvorhandenen Cousin, dann bedankte sich Tadeusz und legte auf. Der Anrufer war Konrad gewesen, Tadeusz' Kontaktmann zur Heimwehr. Wann immer Konrad anrief, ob er ihm Grüße von dem Cousin in Krakau oder einer Tante in

Warschau überbrachte, ob er ihn wegen einer Geburtstagsfeier seiner Frau anrief – die Botschaft war immer dieselbe: Triff mich zwischen zwölf und eins im Café. Das war ein idealer Treffpunkt. In der Mittagszeit war das Café bis auf den letzten Platz besetzt und brummte vor Geschäftigkeit. Konrad kam normalerweise immer vor der verabredeten Zeit, um einen Tisch zu sichern und einen Platz für Tadeusz freizuhalten.

Der Auftrag, den Konrad ihm übermittelt hatte, betraf einen Partisanen, der über Leibschmerzen klagte und in der Stadt von einem Arzt untersucht werden sollte. Er brauchte ein Zimmer und die richtigen Papiere. Daran hatte Tadeusz vor Herschels Anruf gearbeitet. Jetzt konnte er sich auf diesen Auftrag nicht mehr richtig konzentrieren. Wie sehr er sich auch bemühte, seine Gedanken wanderten immer wieder zu Herschel. Gestern erst hatte er zu seiner Frau gesagt: »Ich frage mich, was aus dem Elektriker geworden ist. Ich hoffe, er war nicht bei den Deportierten.« Es gab immer wieder Gerüchte, daß die Deportierten nicht mehr am Leben seien, daß man den ganzen Nachmittag über etwa drei Kilometer außerhalb der Stadt ununterbrochen Gewehrsalven hören konnte.

Jetzt war seine Frage beantwortet worden, und er war froh, daß sich der Elektriker nicht unter den Deportierten befand. Aber Tadeusz spürte, daß der Wunsch, ihn zu treffen, etwas mit den Ereignissen des vergangenen Tages im Ghetto zu tun haben mußte. Weshalb wollte der Mann ihn sehen? Es könnte etwas mit der Arbeit zu tun haben. Für einen einfachen Arbeiter bei der Bahn war die Gefahr viel größer, unter den nächsten zu sein, die abgeholt würden, als für einen ausgebildeten Elektriker. Zwar hatte es schon lange keine Bauarbeiten mehr gegeben, und im Moment waren auch keine geplant, aber Tadeusz hatte eine Idee. Er würde seinen Vorgesetzten mitteilen, daß die Zeit für eine gründliche Überprüfung aller elektrischen Installationen gekommen sei, der zivilen wie auch der militärischen, und niemand sei für diese Aufgabe geeigneter als dieser Jude, der geschickte Elektriker, der die Leitungen in von Holtzers Hauptquartier verlegt hatte. Die Deutschen schätzten *Ordnung* und mochten sehr wohl darauf hereinfallen. Auf jeden Fall war es den Versuch wert, und wenn es nicht klappte, würde er sich was anderes einfallen lassen.

Was aber, wenn der Grund für den Anruf ein ganz anderer war? Tadeusz kam ein neuer Gedanke. Ob der Elektriker Hilfe bei der Flucht aus dem Ghetto erwartete? Wäre in solchen Zeiten Flucht nicht der erste Wunsch jedes Juden? Ja, er will, daß ich ein Versteck für ihn und seine Frau finde.

Plötzlich bemerkte er, daß er im Zimmer auf und ab lief, ohne sich daran erinnern zu können, wann er von seinem Stuhl aufgestanden war. Er lief und dachte nach. Was konnte er ihm sagen? Konnte er ihm sagen: »Es tut mir leid, aber ich bin an brisanten Aktivitäten der Heimwehr beteiligt, so brisant, daß alleine meine Frau und mein Kontaktmann davon wissen.« Konnte er ihm sagen: »Es tut mir leid, aber ich kenne niemanden, den ich gefahrlos mit einem solchen Wunsch ansprechen könnte. Das gilt sogar für meinen Bekanntenkreis. Sehen Sie, wegen unserer Haltung den Juden gegenüber gelten meine Frau und ich in unseren Kreisen als merkwürdiges Paar. Wir mußten alle

Diskussionen über das Schicksal der Juden mit ihnen abbrechen, vor allem in Hinblick auf unsere Untergrundarbeit.« Konnte er ihm sagen, daß sein Kontaktmann in der Heimwehr ihm gestern erst gesagt hatte: »Die Juden gehen uns nichts an«, und das zu einer Zeit, als die Deutschen ihre Verschleppungs-*Aktion* im Ghetto durchführten.

Als er am Abend Irena erzählte, was Konrad gesagt hatte, traten ihr Tränen in die Augen. »Und dieser Mann prahlt damit, daß er noch nie eine Messe versäumt hat, egal, wie das Wetter war«, sagte sie bitter. »Solche Leute gehen nur mit den Füßen in die Kirche. Ihre Herzen lassen sie zurück, wenn sie überhaupt ein Herz haben.«

Nein, davon konnte Tadeusz dem Elektriker nichts sagen, genausowenig konnte er ihm die kalte Schulter zeigen. Im Widerstand zu sein und die Juden im Stich lassen, das wäre, als würde er Hitler gleichzeitig bekämpfen und ihm helfen. Was aber konnte er sagen? Vorerst wußte er es selber nicht, wußte aber, daß er nicht nein sagen würde, daß er versuchen würde, ihm zu helfen. Er hatte von Juden gehört, die sich außerhalb auf Bauernhöfen versteckten. Da gab es Irenas Tante Marusia, die verwitwet war und mit ihrer Tochter auf einem kleinen Hof lebte. Vielleicht wäre sie bereit, ihn aufzunehmen. Auf jeden Fall war es ungefährlich, sie zu fragen. Sie mochte Irena sehr und auch ihn. Sie war eine anständige Seele. Nie hatte er gehört, daß sie gemein über Juden sprach, so wie andere es taten.

Jetzt, da ihm Tante Marusia eingefallen war, ging es ihm besser, und er wußte, daß Irena gerne hinaus auf den Bauernhof fahren würde, um mit ihrer Tante zu reden. Und falls notwendig, würde er Papiere für Herschels Familie fabrizieren, so wie er es für die Leute der Heimwehr machte. Er blieb am Fenster stehen, um nachzusehen, ob der Wagen da war. Er hatte Glück. Der einzige Wagen, den die Deutschen der Stadtverwaltung zugewiesen hatten, war ständig in Benutzung. Er mußte ihn sich sichern, wenn er verfügbar war. Er schob das Fenster hoch und rief den Fahrer: »Gustav, der Wagen ist besetzt. In einer Minute bin ich unten.« Bevor er das Büro verließ, blieb er noch einen Moment stehen, um nachzudenken, was er tun sollte, wenn er am Eisenbahnlager angekommen war. Wo konnten er und Herschel sich unterhalten? Und er durfte auch den Fahrer nicht vergessen. Der war neu eingestellt, und Bielowski wußte nichts über ihn. Vor etwa zwei Wochen war er davon überrascht worden, daß Wlacek verschwunden war und Gustav hinter dem Lenkrad saß. Wlacek war zwar kein Mitglied der Heimwehr, aber absolut vertrauenswürdig. Über Gustav wußte er gar nichts. Er erinnerte sich an einen Satz, den Herschel bei ihrem Telefonat benutzt hatte, und lächelte. Der Elektriker selber hatte für die Lösung gesorgt – ein Wackelkontakt. Er ging zurück zu seinem Reißbrett, nahm die Birne aus der Lampe, zog den Stecker aus der Steckdose, lief runter und setzte sich neben dem Fahrer in den Wagen. »Zum Bahnhof«, verkündete er.

»Verreisen Sie, Herr Bielowski?«

»Ich hole einen Juden ab, einen Elektriker. Ich hoffe, er ist dort. Die Lampe an meinem Reißbrett hat einen Wackelkontakt. Ich habe selber daran rumgefummelt und habe, glaube ich, alles nur noch schlimmer gemacht. Wissen Sie, wie man Lampen repariert?«

»Keine Ahnung.« Der Fahrer schüttelte den Kopf.

»Also, dieser Jude ist ein Magier in solchen Dingen. Hat alle Leitung für mich im Hauptquartier gelegt.«

Im Betriebshof ging Tadeusz zum Aufseher, wies sich als Mitarbeiter der Wohnungsbau-Abteilung aus und erklärte, er sei gekommen, sich einen der Männer auszuleihen. »Das da ist er«, sagte er und zeigte auf Herschel, der gerade mit den anderen Kohlesäcke ablud. Der Aufseher befahl Herschel, mit Herrn Bielowski zu gehen und zurückzukehren, sobald er fertig sei.

»Ich sorge dafür, daß er pünktlich zurück ist«, versicherte Tadeusz dem Aufseher.

Auf dem Weg zum Wagen ging Herschel an der Werkstatt vorbei, wo er seinen Werkzeugkasten hatte, und wischte sich dort mit einem Handtuch über das Gesicht, um die schwarze Staubschicht loszuwerden. Er setzte sich im Wagen neben den Fahrer, und Tadeusz setzte sich nach hinten. »Ich hoffe, Sie sind dafür ausgerüstet, einen Wakkelkontakt zu reparieren«, sagte Tadeusz.

»Ich glaube doch«, antwortete Herschel.

Nachdem sie hauptsächlich des Fahrers wegen geredet hatten, sprach Tadeusz nichts mehr mit Herschel, bis sie alleine in seinem Büro waren. Er sagte ihm, er solle seine Werkzeuge herausnehmen und sie neben der Steckdose auf dem Boden ausbreiten. »Ich hörte, gestern war es sehr schlimm im Ghetto«, sagte Tadeusz.

»Ja.« Herschel nickte.

»Jemand aus Ihrer Familie...«

»Meine Mutter und meine Schwiegereltern.«

»Es tut mir leid, das zu hören.«

»Die Deutschen sagten, sie bringen sie näher an die Front. Aber wer kann ihnen glauben?«

Tadeusz nickte zustimmend, sagte aber nichts. Wenn Herschel es noch nicht wußte, warum sollte er es ihm jetzt sagen? dachte er. Schlechte Nachrichten können warten.

»Herr Bielowski«, begann Herschel zögernd.

Tadeusz legte seine Hand auf Herschels Schulter. »Sie und ich, wir müssen nicht so formal miteinander sein«, sagte er. »Mir wäre es lieber, Sie würden mich Tadeusz nennen.«

»Wenn Sie mich Herschel nennen.«

»Mach ich. Und jetzt sage mir, warum du mich sprechen wolltest.« Tadeusz flüsterte fast.

»Wegen unserem Sohn. Wir haben einen achtzehn Monate alten Sohn.«

»Dann ist er im Ghetto geboren.«

»Ja.«

»Ich habe gehört, daß Schwangerschaften im Ghetto verboten sind.«

»Das stimmt. Aber meine Frau war schon schwanger, als von Holtzer den Erlaß herausgab. Zu spät für eine Abtreibung. Also wurde es eine Schwangerschaft im geheimen. Und eine Geburt im geheimen. Der Junge ist immer noch ein Geheimnis. Und wir erwarten, daß die Deutschen bald eine neue *Aktion* durchführen werden. Wir müssen ihn so schnell wie möglich aus dem Ghetto rausschaffen. Beim letzten Mal hätten wir ihn fast verloren.«

»Und wie willst du ein Kind aus dem Ghetto rausbringen? Hast du dir dazu schon was überlegt?«

»Offen gesagt, nein. Erst müssen wir jemanden finden,

der bereit ist, ihn aufzunehmen. Für ihn zu sorgen, bis der Krieg vorüber ist. Wir wollen nichts umsonst. Wir haben ein paar Ersparnisse. Einige Wertgegenstände. Wenn es nicht reicht, werden wir den Rest nach dem Krieg bezahlen.« Er hielt inne und suchte in Tadeusz' Gesicht nach einem Hinweis auf dessen Reaktion. Tadeusz wirkte gedankenverloren, als überlegte er, was zu sagen.

»Willst du, daß wir euren Sohn aufnehmen?«

»Du bist der einzige, an den ich mich wenden kann, Tadeusz. Wenn ihr ihn nicht nehmen könnt, dann findest du vielleicht jemanden. Ach ja, etwas ganz Wichtiges habe ich vergessen. Unser Junge ist nicht beschnitten.«

»Da wart ihr sehr vorausschauend.«

»Nicht wirklich vorausschauend. Man lernt aus den Tragödien anderer Leute. Meine Frau war noch schwanger, da hörten wir von einem Juden, der aus dem Ghetto geflüchtet war. Fast hätte er es geschafft, aber die Tatsache, daß er beschnitten war, verriet ihn. Er wurde festgenommen und erschossen. Also beschlossen wir, daß, wenn es ein Junge würde, wir ihn nicht beschneiden lassen wollten. Und jetzt sind wir froh darüber.«

»Herschel, wenn ich euch irgendwie helfen kann, werde ich es tun. Ich werde es mit Irena, meiner Frau, besprechen. Wir stecken unsere Köpfe zusammen, und vielleicht fällt uns etwas ein. Das ist alles, was ich dir versprechen kann.«

Herschel packte Tadeusz' Hand mit beiden Händen und schüttelte sie heftig. »Danke! Danke, Tadeusz«, sagte er immer wieder mit von Gefühlen erstickter Stimme.

»Herschel, ich habe noch nichts gemacht.«

»Doch, das hast du. Du hast mir Hoffnung gegeben.«

»Ich muß dir etwas sagen, Herschel. Bevor ich von deinem Wunsch hörte, dachte ich, es würde sich um deine Frau und dich handeln, worüber du mit mir reden möchtest. Insbesondere nach dem, was gestern passiert ist.«

»Es gibt wohl kaum einen Juden, der nicht hin und wieder an Flucht aus dem Ghetto gedacht hat. Und einige, ein paar Glückliche, haben es geschafft. Für die meisten aber bleibt es ein unerfüllbarer Wunsch. Es gibt im Ghetto dazu einen Spruch: Eine erfolgreiche Flucht hängt von drei Dingen ab – einem guten Gesicht, einer guten Zunge und einem guten Portemonnaie.«

»Ein gutes Gesicht?«

»Ja. Ein Gesicht, das als ein polnisches durchgeht; eine Zunge, die Polnisch ohne Akzent sprechen kann; und ein Portemonnaie, das so reichlich mit Geld gefüllt ist, daß man gefälschte Papiere kaufen, für das Versteck bezahlen und sich mit Schmiergeld aus Schwierigkeiten befreien kann.«

»Die ersten beiden Kriterien erfüllst du sehr gut«, sagte Tadeusz. »Und deine Frau?«

»Nur eine. Sie spricht fließend Polnisch, aber sie hat schwarze Haare und schwarze Augen, wie sie jüdische Frauen viel öfter als polnische haben. Aber das ist nicht der Grund, weshalb Lena und ich keine Flucht planen.«

»Geld?«

»Nein, das auch nicht.« Herschel schüttelte den Kopf. Er zögerte und fühlte sich gleichzeitig dieses Zögerns wegen unwohl. Wenn er diesem Mann das Leben seines Sohns anvertraute, warum sollte er ihm nicht völlig vertrauen? Er schaute lange und forschend in Tadeusz' Augen und spürte es einfach: Hier brauchte er nichts zu verschweigen. »Tadeusz«, instinktiv senkte er die Stimme, obwohl sie alleine im Raum waren, »was ich dir jetzt sage, erzähle ich nicht mal den Juden im Ghetto, es sei denn, ich bin überzeugt, daß sie vollkommen vertrauenswürdig sind.«

»Das ehrt mich.«

»Meine Frau und ich gehören zum Widerstand...«

»Ihr habt im Ghetto einen Widerstand?« fragte Tadeusz voller Erstaunen.

»Eine kleine Gruppe, etwa siebzig junge Frauen und Männer. Der älteste von uns ist der Arzt. Einmal planten einige von uns die Flucht. Nicht, um sich zu verstecken, sondern um in den Wäldern mit den Partisanen zu kämpfen. Gegen die Deutschen, den gemeinsamen Feind. Unglücklicherweise schlug unser Plan fehl. Also bleiben wir im Ghetto. Und wenn die Deutschen kommen, um uns zu deportieren, werden wir uns wehren. Wir werden tun, was uns möglich ist. Jetzt verstehst du, warum es mir so wichtig ist, mein Kind so schnell wie möglich dort rauszubringen.«

»Habt ihr Waffen?«

»Wenn du ein paar Beile und etwas Benzin Waffen nennen willst. Wir hatten mal einen Revolver.«

»Was geschah damit?«

»Haben wir Zeit?«

»Du hast es doch nicht eilig zurückzukommen. Oder?«

»Wofür? Um Kohlen zu schleppen?«

Tadeusz stand auf und schaute aus dem Fenster. »Der

Wagen ist sowieso nicht da. Also müssen wir warten, bis er zurückkommt. Erzähle, ich bin neugierig.«

Herschel erzählte ihm von Feivels Zusammentreffen mit den Partisanen der Heimwehr und wie er gerade noch mit dem Leben davongekommen war. »Woher weißt du, daß es die Heimwehr war?« wollte Tadeusz wissen. »Es gibt alle möglichen Gruppen, die durch die Wälder ziehen und sich als Partisanen ausgeben.« Was Herschel über den Wald und das in seiner Nähe liegende Dorf erzählte, wies tatsächlich darauf hin, daß es ein Lager der Partisanen gewesen war. Aber Tadeusz widersetzte sich dem Gedanken und wünschte, es wäre nicht wahr. Es tat ihm weh, zugeben zu müssen, daß die Widerstandsgruppe, zu der auch er gehörte, den Widerständlern im Ghetto die einzige Pistole weggenommen hatte, die sie mit so großem Risiko und so teuer erworben hatten. Es war eine gemeine Tat, und er würde das nicht auf sich beruhen lassen. Die Juden mußten die Pistole wiederbekommen. Er würde mit Konrad darüber reden und verlangen, daß er die Pistole zurückgab. Entweder diese oder einen Ersatz. Ja, er würde darüber mit Konrad sprechen. Konrad hielt den Kontakt zu den Partisanen. Aus Sicherheitsgründen traf Tadeusz nie mit den Partisanen zusammen, für die er das Einwohnerregister fälschte.

Dann erinnerte er sich, daß Konrad noch gestern gesagt hatte: »Die Juden gehen uns nichts an.« Vielleicht war es doch besser, nicht mit Konrad zu sprechen. Er würde verlangen, daß Tadeusz ihm sagte, woher er diese Informationen habe, und dies würde bedeuten, daß er von der Widerstandsgruppe im Ghetto reden müßte; es würde bedeuten, etwas zu verraten, was ihm anvertraut worden war. Und das würde er nicht, schon gar nicht einem Antisemiten. Er beschloß, das Unrecht selber wiedergutzumachen. »Wenn ihr es schaffen würdet, eine Pistole zu bekommen«, fragte er Herschel, »wie würdet ihr sie in das Ghetto kriegen?«

»Wie haben wir die andere in das Ghetto bekommen? Eine Frau aus der Gruppe, die im Quartier der SS-Offiziere wäscht und putzt, hat sie in den Saum ihres Kleides genäht. Es war riskant, und sie hätte mit ihrem Leben bezahlt, wenn sie erwischt worden wäre, aber sie hat es geschafft. Jetzt haben wir es aufgegeben, nochmals eine Pistole zu beschaffen. Es ist fast unmöglich, eine zu kaufen. Zusätzlich zu den Beilen und dem Benzin, von dem ich erzählt habe, versuchen wir Reste von Dynamit zu bekommen. In unserer Gruppe gibt es einen Chemiker. Er sagt, wenn er einige Reste zusammenbekäme, könne er damit Sprengsätze herstellen, kleine Bomben oder Handgranaten. Erst vor kurzem haben wir einen Anfang gemacht. In der Reparaturwerkstatt der Bahn habe ich Reste von Dynamit gefunden.«

»Wie hast du sie reingeschmuggelt?«

»Das zeige ich dir.« Herschel nahm die Attrappe aus Kupfer vom Boden, und mit einer raschen Drehung der Hände hatte er sie auseinandergenommen. Dann steckte er die Teile wieder zusammen und gab sie Tadeusz. Der untersuchte sie von allen Seiten und sagte dann: »Das sieht wie eine Lötlampe aus.«

»Dafür halten es wohl auch die Wachen, und bisher habe ich Glück gehabt.«

Tadeusz gab ihm die Attrappe zurück und ging hinüber zum Fenster. »Der Wagen ist zurück«, sagte er. »Jetzt gehen wir, bevor ihn wieder jemand anderer nimmt.«

Herschel begann sein Werkzeug einzusammeln. Als er gerade dabei war, den Stecker in die Steckdose zu tun, sagte Tadeusz: »Nein, nein. Laß ihn besser draußen. Wir haben keinen Wackelkontakt mehr, mein Freund. Was wir haben, ist viel ernster als das.« Er zwinkerte Herschel zu. »Kannst du es so machen, daß es richtig schwierig aussieht?«

»Das ist einfach.« Herschel zeigte gleich, daß es ging. Er löste den Stecker von der Leitung und legte die einzelnen Drähte frei. Dann holte er die Steckdose aus der Wand, in der jetzt ein großes Loch klaffte. Auf dem Boden lag zerbröckelter Gips. »Wie sieht das aus?« fragte er.

»Sehr schwierig. Jetzt brauche ich wirklich einen Elektriker«, sagte Tadeusz lachend.

Bevor sie den Raum verließen, sagte Tadeusz noch: »Ich werde mit dem Aufseher reden und ihm sagen, daß ich dich bald wieder brauche. Wenn der Fahrer dich dann abholen kommt, sollte er dich gehen lassen. Das kann schon morgen sein, oder übermorgen.« Als sie in der Tür waren, blieb Tadeusz abrupt stehen, legte die Hand auf Herschels Schulter und sagte: »Das mit der Pistole tut mir leid.«

11

Lena und Herschel blieben an diesem Abend viel länger wach als sonst und überlegten, auf welchem Weg sie David aus dem Ghetto schmuggeln konnten. Tadeusz' Versprechen »Wenn ich euch helfen kann, werde ich es tun« war wie ein Licht der Hoffnung in ihrem traurigen Leben. Zumindest lag darin die Möglichkeit, daß sie ihr Kind retten konnten. Selbst Lena, die normalerweise weit weniger optimistisch war als Herschel, erlaubte sich die Hoffnung, daß Tadeusz sie nicht im Stich lassen würde. Alles, was sie von Herschel über ihn erfahren hatte, paßte zu dem Bild des ›anständigen Polen‹. Mit diesem Begriff bezeichneten die Menschen im Ghetto einen Polen, der es riskierte, Juden zu helfen. Im besetzten Polen war dies der endgültige Beweis für Charakterstärke, weil es die größte Gefahr miteinschloß – selber umgebracht zu werden.

Wenn Herschel morgen oder übermorgen mit einer guten Nachricht nach Hause käme, müßten sie einen Plan bereit haben. Im Augenblick noch standen sie vor einem anscheinend unlösbaren Problem: Wie sollten sie ein Kind hinausschmuggeln, das im Ghetto gar nicht existierte? Es gab einfach keinen Weg, ihn sicher an den Wachen vorbeizubringen. Wäre er alt genug gewesen, um zu laufen oder auch nur sicher zu gehen, hätte es Möglichkeiten gegeben.

Erschöpft und mit ihrer Weisheit am Ende, hatten sie beschlossen, es für diesen Abend aufzugeben, und wollten am nächsten Tag weiter nachdenken, als Dr. Weiss an ihre Tür klopfte. Obwohl hereingebeten, blieb er in der Tür stehen und entschuldigte sich, weil er Herschel wie am Tag zuvor bitten mußte, am nächsten Morgen wieder ein Faß mit Wasser zu holen. »Ich habe den *Judenrat* um Ersatz für Isaac gebeten«, erklärte er, »und sie haben versprochen, jemanden zu schicken. Haben sie aber nicht. Ich nehme an, sie haben zur Zeit wichtigere Sachen im Kopf.« Herschel sagte ihm, daß er nichts dagegen habe und froh wäre, morgen wieder Wasser zu holen. Der Doktor dankte ihm und wünschte eine gute Nacht.

Herschel hatte sich schon halb ausgezogen, als er plötzlich seine Meinung änderte, die Hose wieder anzog, in die Schuhe schlüpfte und zur Tür ging.

»Wo gehst du hin, Herschel?« Lena schaute ihn verdutzt an.

»Ich hole Wasser.«

»Es gibt Wasser hier im Topf.«

»Ich meine, aus dem Faß.«

»Das Wasser ist aus dem Faß. Wo ist der Unterschied?«

»Ich möchte mir das Faß anschauen. Ich bin gleich zurück.«

»Herschel, du denkst doch nicht daran...«

»Genau das. Es ist nur eine Idee. Deshalb möchte ich eine Vorstellung von der Größe...«

»Herschel!« Entsetzen klang aus ihrem Schrei. Aber

bevor sie auch nur ein weiteres Wort sagen konnte, war er jenseits der Tür. Als er zurückkam, bemerkte Lena einen zufriedenen Ausdruck in seinem Gesicht, und sie wußte nicht, ob sie froh sein sollte. »Also?«

»Komisch«, sagte er. »Wir haben dieses Faß seit 39, seit wir es ins Ghetto gebracht haben, gestern erst habe ich es zur Pumpe getragen und wieder zurück. Trotzdem hatte ich keine Vorstellung von seiner Größe. Ich meine, wie tief es ist. Ohne es zu wissen, hat Dr. Weiss möglicherweise unser Problem gelöst.«

»Herschel«, sagte sie und konnte ihre Ungeduld kaum bändigen, »was genau hast du im Sinn?«

»Das sage ich dir gleich.« Er zog sich schnell aus, löschte die Lampe und kam ins Bett. »Die Größe stimmt. Da bin ich mir sicher.« Er sagte das, als hätte er sich von dieser Tatsache selber überzeugen müssen, bevor er von seinem Plan berichten konnte. Er rückte näher an sie heran, und von da an flüsterten sie miteinander. »Wenn wir Glück haben«, begann er, »und Tadeusz' Antwort ist ›ja‹, ist das Faß vielleicht die einzige Möglichkeit, ihn rauszubekommen.«

»Herschel, der Junge hat noch nie das Zimmer verlassen, er hat noch nicht einmal den Himmel gesehen. Er wird zu Tode erschrocken sein. Vielleicht fängt er an zu weinen...«

»Das ist die geringste meiner Sorgen. Dr. Weiss kann ihm etwas geben. Ihn vielleicht sogar betäuben, und dann schläft er während der ganzen Geschichte. Bis ich zu der Pumpe komme, trage ich das Faß auf der Schulter, und keiner kann sehen, was drin ist.«

»Aber bei der Pumpe mußt du es abstellen. Was passiert dann?«

»Das ist genau das, worüber wir nachdenken müssen. Da habe ich schon eine Idee. Gestern ist mir aufgefallen, daß zu dieser Zeit kaum Polen an der Pumpe sind. Die zwei oder drei, die da waren, waren mit Tauschgeschäften beschäftigt, und die Wachen haben sich nicht eingemischt. Also, das ist meine Idee: Wenn wir einen Polen hätten, der auf der anderen Seite der Straße wohnt, der zur gleichen Zeit wie ich zur Pumpe kommt und ein Faß hat, das meinem in Größe und Farbe gleicht, könnten wir die Fässer tauschen, sobald er seins gefüllt hat. Er rollt meins weg und ich seins.«

»Und wie willst du so einen Polen finden?«

Herschel schwieg. Grundsätzlich hatte er die Idee, den Jungen in dem Faß rauszuschmuggeln, auf Fragen im Detail mußte er sich die Antworten spontan einfallen lassen. »Das hier ist eine sehr arme Gegend«, sagte er schließlich. »Für eine größere Summe sollten wir einen Polen finden, der dazu bereit ist.«

»Wer ist wir? Kannst du aus dem Ghetto spazieren und einen Polen suchen?«

»Ich nicht, aber Tadeusz. Im Moment muß ich davon ausgehen, daß er, wenn er wirklich bereit ist, uns zu helfen, sein Angebot also ernstgemeint ist, nicht bei der Hälfte stehenbleiben wird.«

»Na gut. Also findet er einen Polen, und ihr beide seid an der Pumpe; was, wenn, Gott bewahre, jemand euch bemerkt? Ich meine, den Tausch, von dem du sprichst.«

»Wer könnte das bemerken? Ein Jude oder ein Pole.

Der Wachsoldat müßte seinen Posten verlassen, um etwas mitzubekommen. Sieht es zufällig ein Jude – da mache ich mir keine Sorgen. Wenn aber ein Pole es sieht... Gut, wir werden es einfach so schnell machen müssen, daß es keiner mitbekommt. Außerdem kann es nicht gleich am ersten Tag geschehen. Wir werden so lange üben, die gefüllten Fässer zu vertauschen, bis wir das Gefühl haben, jetzt sind wir bereit. Das kann bis zu einer Woche dauern.«

»Oj, Herschel«, seufzte Lena, »so wie du auf jede Frage eine Antwort hast, klingt es logisch. Aber mein Herz zittert vor Furcht bei deinem Plan.«

»Ich bin auch nicht gerade die Ruhe selbst. Aber hast du eine andere Idee?«

»Würde ich sie für mich behalten?«

Sie schwiegen. Herschel bemerkte, daß sie schluchzte. Er legte den Arm um sie und zog sie näher an sich heran. Es gab nichts mehr zu sagen. Sie hatten sowohl das Thema als auch sich selbst erschöpft und schliefen ein.

Als Herschel am Morgen Wasser holen ging, lungerte er noch eine Weile an der Pumpe herum, um sich die Szene anzuschauen. Der Wachsoldat und der jüdische Polizist am Tor unterhielten sich und rauchten. An der Pumpe waren zwei polnische Frauen, beide mit Eimern. Als er sein eigenes, volles Faß zurückrollte, bemerkte er einen jungen Polen, der aus dem ersten Haus kam und sein Faß lässig über der Schulter trug. Wer weiß, dachte er, vielleicht ist das mein Mann.

Nachdem er das Faß in einer Ecke der Küche abgestellt hatte, klopfte er bei Dr. Weiss an die Tür. »Ich muß Sie um einen Gefallen bitten, Doktor«, sagte er. »Ich würde gerne weiter das Wasser für das Krankenhaus holen.«

»Selbst wenn ich einen neuen Hilfspfleger habe?«

»Ja. Zumindest für die nächste Zeit.«

»Warum nicht?« Der Arzt zuckte die Schulter. »Wenn es das ist, worum Sie mich bitten. Diese Bitte kann ich Ihnen erfüllen.«

12

Am nächsten Tag rief Tadeusz am frühen Nachmittag seinem Fahrer unten im Hof zu, er solle zum Eisenbahnhof fahren und den Elektriker holen. »Sagen Sie dem Aufseher, daß ich nach dem Mann geschickt habe und er ihn gehen lassen soll. – Ich hoffe«, sagte er noch, »daß die Sache heute zu erledigen ist.«

Zwanzig Minuten später waren sie alleine im Zimmer. Sobald Herschel sein Werkzeug auf dem Boden ausgebreitet hatte, begann Tadeusz etwas lauter als geflüstert zu sprechen. »Meine Frau und ich waren fast die ganze Nacht auf und sprachen über deinen Sohn. Am Ende kamen wir zu dem Entschluß, daß es zu riskant sei, seinetwegen andere Leute anzusprechen, selbst wenn es enge Freunde wären. Es ist eine delikate Angelegenheit. Man weiß nie, welche Antwort man bekommt. Wenn die Antwort nein ist, bleibt bei den Leuten diese Frage im Gedächtnis haften. Und das ist etwas, das wir uns nicht leisten können – daß etwas haften bleibt. Ich vor allem nicht. Verstehst du... Ich bin, so kann man sagen, in einer sehr heiklen Position.«

»Ich weiß, was du meinst. Du arbeitest für die Stadtverwaltung.«

»Ja.« Tadeusz nickte, obwohl er eher an seine Arbeit für die Heimwehr gedacht hatte.

»Also«, sagte er, »haben wir beschlossen, ihn selber aufzunehmen.«

»Ihr werdet unseren Sohn aufnehmen?«

»Ja.«

Herschels Augen füllten sich mit Tränen, und es gab keinen Weg, sie zurückzuhalten. »Ich weiß nicht, wie ich dir danken soll«, sagte er, und seine Stimme zitterte und war kaum zu hören.

»Wisch dir die Augen, das ist Dank genug«, sagte Tadeusz. »Sollte jemand hier reinkommen, stecken wir beide in Schwierigkeiten. Tränen sind verräterisch.« Dabei griff er nach dem Taschentuch und wischte sich selber über das Gesicht, während Herschel seine Augen trocknete. »Gut jetzt«, erklärte Tadeusz, »wir haben noch einiges zu besprechen.«

»Ja«, meinte Herschel eifrig. »Wie ich gestern schon sagte, haben wir einige Ersparnisse und Wertsachen und...«

»Das ist es nicht, was ich meine, Herschel«, unterbrach ihn Tadeusz. »Wir machen das nicht für Geld.«

»Aber zumindest für die Unkosten. Ihr seid nicht reich...«

»Herschel, wir tun das, weil wir es tun wollen. Und jetzt wird nicht mehr über Geld gesprochen«, sagte Tadeusz bestimmt. »Wieviel ihr auch habt, ihr werdet es dringender brauchen als wir.«

»Dann bestehe ich darauf, daß wir nach dem Krieg für alle Kosten aufkommen.«

»Darüber reden wir nach dem Krieg. Jetzt sage ich dir, was wir uns ausgedacht haben. Da wir, Irena und ich, nicht aus heiterem Himmel Eltern eines achtzehn Monate alten Kindes werden können, wird dein Sohn zum Findelkind. Davon gibt es viele heutzutage. Es vergeht kaum ein Tag, ohne daß irgendein Säugling vor irgendeiner Tür gefunden wird. Die deutschen Soldaten schwängern unsere Mädchen und verschwinden dann. *Deutsche Kultur.* Normalerweise enden diese Kleinkinder dann in einem Waisenhaus oder bei den Nonnen. Aber dieses eine werden wir behalten. Da wir ein kinderloses Ehepaar sind, wird unsere Entscheidung von den Nachbarn und Bekannten sicherlich akzeptiert werden. Danach folgt der nächste Schritt, die Adoption. Man gibt drei Tage hintereinander eine Anzeige in der Zeitung auf, verkündet, daß ein Findelkind vor der Haustür gefunden wurde, und wenn sich dann niemand meldet, der Ansprüche auf das Kind erhebt, ist man von Gesetz wegen berechtigt, das Kind zu adoptieren. Das ist der formale Weg. Und natürlich muß der Junge dann auch getauft werden, damit er ins Kirchenregister kommt.«

»Muß das sein, die Taufe?« fragte Herschel zögernd.

»Ich weiß nicht, wie es vermieden werden könnte. Irena und ich, wir sind beide gläubige Christen. Wir gehen regelmäßig zur Kirche. Der Priester kennt uns gut. Es würde komisch aussehen, wenn wir ein Kind adoptierten und es nicht taufen ließen. Komisch und verdächtig. Es wäre gefährlich für uns und für das Kind.«

»Das stimmt. Du hast vollkommen recht.«

»Vielleicht möchtest du es noch mal mit deiner Frau besprechen?«

»Nein, das ist nicht notwendig. Ich weiß, sie wird einverstanden sein. Schließlich ist dies auch der Grund, weshalb wir ihn nicht haben beschneiden lassen. Um sein Leben retten zu können.«

»Also gut. Jetzt etwas anderes, wie heißt euer Sohn?«

»David. Nach meinem Vater.«

»Wir müssen einen eher polnisch klingenden Namen finden. Wie ist Dobek? David. Dobek. Ähnlich und doch ganz verschieden. Egal, das ist das kleinste Problem. Wie wird das ›Findelkind‹ vor unserer Tür landen? Das ist das wirkliche Problem. Ich meine das nicht wörtlich, aber wie willst du ihn an den Wachen vorbeibekommen?«

»Auch wir haben letzte Nacht kaum geschlafen. Lena und ich, wir haben uns so was wie einen Plan ausgedacht. Er ist kompliziert und riskant, aber weniger riskant als alle anderen, über die wir nachgedacht haben.« Er hielt inne, schaute Tadeusz ins Gesicht und lächelte. »Erinnerst du dich, wie du gesagt hast, es wäre weitsichtig gewesen, David nicht beschneiden zu lassen? Also, es stellt sich jetzt heraus, daß du noch viel weitsichtiger gewesen bist. Du hast mir geraten, ein Faß mit in das Ghetto zu nehmen.«

»Wirklich?« Tadeusz wirkte überrascht.

»An einem Freitag im November 1939. Am Tag, bevor wir in das Ghetto mußten. Ein Tag, den ich nie vergessen werde.«

»O ja.« Tadeusz fiel es wieder ein. »Weil ich wußte, wo die Wasserpumpe stand.«

»Und genau in diesem Faß will ich David herausschmuggeln.« Herschel begann seinen gesamten Plan auszubreiten. Als er am Ende war, schwieg Tadeusz, und der ernste Ausdruck in seinem Gesicht verriet nicht, wie er reagieren würde.

»Das ist das Beste, was mir eingefallen ist«, sagte Herschel fast entschuldigend.

»Es ist ein gewagter Plan«, meinte Tadeusz schließlich. »Aber er wäre aussichtsreich, wenn...« Er seufzte. »Wir haben zwei grundsätzliche Probleme zu lösen: Den richtigen Mann finden und den richtigen Ort, um ihn einzuquartieren. Mit richtigem Mann meine ich jemanden, der vertrauenswürdig, jung und flink genug ist, um schnell reagieren zu können. Der Austausch der Fässer, von dem du sprichst, muß in Sekundenbruchteilen vor sich gehen.«

»Genau das ist es, was Lena Sorgen macht.«

»Und dir?«

»Bis zum Wahnsinn. Aber ich nehme an, mit viel Übung müßte es zu schaffen sein.«

»Ja, wenn der Mann schnell und geschickt ist. Was seine Einquartierung angeht...«

»Ich habe an jemanden gedacht, der dort schon wohnt.«

»Das wäre ideal. Was aber, wenn es dort niemanden gibt? Dann muß man außerhalb jemanden suchen und ein Zimmer für ihn finden. Dann sag mir doch jetzt mal was über die Häuser in der Straße. Ich war schon länger nicht mehr in der Gulb Straße.«

»In dem Teil der Straße gibt es drei, alle mit Parterre und erstem Stock.«

»Weißt du die Nummer von dem Haus, das der Pumpe am nächsten steht?«

Herschel überlegte einen Moment. »Siebzig-und-irgendwas, einundsiebzig oder dreiundsiebzig.«

Tadeusz notierte die Nummern auf einem Zettel, den er dann in seine Tasche steckte. »Diese Häuser haben jeweils zwei Wohnungen pro Stockwerk, wenn ich mich recht erinnere, eine nach vorn und eine nach hinten. – Wir müssen uns auf die Wohnungen im Parterre beschränken. Da bleiben uns zwei pro Haus.«

»Warum das?«

»Weil ich davon ausgehe, daß nur die Parterre-Bewohner mit Fässern aus dem Haus kommen, um Wasser zu holen. Die aus dem ersten Stock kommen mit Eimern und füllen so ihre Fässer auf.«

»Ich muß zugeben, daran habe ich nicht gedacht«, sagte Herschel peinlich berührt. »Weißt du, Tadeusz, du wärst eine große Bereicherung für den Widerstand. Du denkst einfach an alles.«

»Glaubst du, die Heimwehr würde mich nehmen?« Tadeusz schien sich bei dem Gedanken zu amüsieren.

»Sie würden sich um dich reißen, wenn du ihnen nicht gerade erzählst, daß du Juden hilfst.«

»Nach dem, was du erzählt hast, sage ich gar nichts dazu. Jetzt zurück zu unserem Plan. Wir beschränken uns also auf das Parterre. Und da vor allem auf das erste Haus, weil es der Pumpe am nächsten steht. Heute nachmittag werde ich einen Spaziergang zur Gulb Straße machen. Mal sehen, was ich herausfinden kann. Wir müssen Schritt für Schritt vorgehen.« Er betrachtete die auf dem Boden ausgebreiteten Werkzeuge. »Ich denke, du räumst jetzt besser auf. Steck alles wieder zusammen und schau, daß die Lampe wieder funktioniert. Ich werde verkünden, daß die Arbeit beendet ist. Wir sollten die Sache mit dem

Wackelkontakt nicht überstrapazieren. Auch das könnte Verdacht erregen.«

»Wie kommen wir wieder in Kontakt?«

»Wenn ich etwas Konkretes zu berichten habe, melde ich mich bei dir. Entweder schicke ich den Fahrer, oder ich komme selber. Ein Grund dafür wird mir schon einfallen. Vielleicht eine allgemeine Überprüfung aller elektrischen Anlagen. Vielleicht geht meine Lampe wieder kaputt. Wir werden sehen. Es wird nicht morgen und auch nicht übermorgen sein. Jetzt noch mal die wichtigsten Teile des Plans. Ein Mann, ein Zimmer für ihn. Das braucht Zeit. Eine Woche, möglicherweise länger.« Er stand auf und ging zum Fenster. »Er ist da. Wie lange brauchst du, um fertig zu werden?«

»Etwa fünfzehn Minuten.«

»Dann sage ich ihm, er soll warten. – Gustav«, rief Tadeusz zum Fenster hinunter, »geh nicht weg. In fünfzehn Minuten ist er fertig.«

Sobald Herschel fort war, ging Tadeusz in die Registratur, ein paar Türen von seinem Büro entfernt. Dort zog er ein dickes, in Leder gebundenes Hauptbuch aus einem Blechregal. Er fuhr mit den Fingern die Spalten von oben nach unten entlang, bis er zur Gulb Straße 73 kam. Tatsächlich, es war das erste der drei Häuser in der Straße. Laut Einwohnerzählung, die von den Deutschen im März 1940 durchgeführt worden war, wohnte dort in der hinteren Parterrewohnung eine Familie Czymanowsky, bestehend aus einer Witwe, ihrem Sohn und ihrer Schwiegertochter. Zurück in seinem Büro, schrieb er die Daten auf ein

Papier mit dem Briefkopf der Wohnungsbau-Abteilung und steckte es in seine Aktentasche.

Tadeusz schaute auf seine Uhr, es war vier Uhr nachmittags. Er schaute aus dem Fenster, der Wagen war weg. Gut, dachte er, jetzt ist es Zeit zu gehen. Bei Widerstandsaufträgen vermied er es immer, mit dem Fahrer unterwegs zu sein. Obwohl dies nichts mit der Heimwehr zu tun hatte, war es doch ganz eindeutig Widerstandsarbeit. Er zog einen braunen Ledermantel an, setzte eine Ledermütze auf, nahm seine Aktentasche und verließ rasch das Büro.

Es war ein typischer Apriltag. Hin und wieder schien die Sonne durch die Wolken, die über den blauen Himmel fegten. Einmal drohte es zu regnen, dann war keine Spur mehr davon zu entdecken. Windböen kamen auf und verschwanden sofort wieder, und statt dessen war die Luft ruhig und angenehm kühl. Tadeusz ging flott, wählte einen Weg durch Seitenstraßen, in denen weder ihr Dienstwagen noch ein Inspektor zu Fuß zu erwarten war.

In der Gulb Straße war es ruhig; bis auf ein paar Kinder, die um die Pumpe herum spielten, war sie menschenleer. Lebenszeichen – wenn man sie so nennen konnte – entdeckte er nur jenseits des Stacheldrahtzauns, wo zum Skelett abgemagerte Figuren in Lumpen gehüllt ziellos umherirrten. Als sie ihn sahen, preßten einige von ihnen ihre bleichen eingefallenen Gesichter gegen den Zaun. Vor dem Tor stand ein einsamer deutscher Wachsoldat. Der kümmerte sich nicht um ihn, aber die Kinder hörten auf zu spielen und verfolgten ihn mit ihren Augen, bis er im Eingang des ersten Hauses verschwand.

Tadeusz mußte mehrfach klopfen, bis jemand zur Tür

kam. Es war eine kleine, zerbrechlich aussehende Frau Ende Fünfzig. Sie trug einen braunen Bademantel, den sie mit einer Hand zusammenhielt. Ihr graues Haar wirkte zerzaust, sie schien geschlafen zu haben und gerade aus dem Bett gekommen zu sein. »Sind Sie Frau Czymanowsky?« fragte Tadeusz.

»Ja.« Sie nickte und betrachtete den Fremden mit offensichtlichem Mißtrauen.

»Ich bin Inspektor der Wohnungsverwaltung. Darf ich hereinkommen?«

»Ein Inspektor?« Sie sah ihn ängstlich an.

»Ich stelle nur ein paar Fragen. Nichts Ernstes.« Er lächelte beruhigend.

Sie trat zur Seite und machte die Tür ganz auf, um ihn hereinzulassen. »Bei mir ist es unaufgeräumt«, sagte sie schuldbewußt. »Mir geht es nicht gut, und ich habe nicht mehr die Kraft sauberzumachen, so wie früher. Eine üble Arthritis.« Sie streckte ihm die knotige Hand entgegen.

»Ich bin nicht gekommen, um Ihre Wohnung zu inspizieren, Frau Czymanowsky. Aber ich hätte Ihnen in Ordnung eine Eins gegeben«, sagte Tadeusz, nachdem er sich in der Küche umgeschaut hatte.

»Danke. Danke Ihnen, Herr Inspektor«, sagte sie, zeigte auf einen Stuhl und setzte sich. Tadeusz öffnete seine Aktentasche und holte das Papier heraus. Er schaute kurz darauf und sagte dann: »Nach unseren Unterlagen, Frau Czymanowsky, haben Sie hier drei Räume. Diesen hier und zwei weitere.«

»Ja, ein Wohnzimmer und ein Schlafzimmer. Aber im Schlafzimmer ist gerade so eine Unordnung.«

»Ich werde in keins dieser Zimmer gehen, Frau Czymanowsky«, beruhigte er sie. »Nach unseren Unterlagen wohnen außer Ihnen noch zwei Personen hier, Ihr Sohn und Ihre Schwiegertochter. Sind die jetzt bei der Arbeit?«

»Mein Sohn und meine Schwiegertochter«, nickte die Frau traurig. »Sie sind bei der Arbeit, aber Gott weiß wo. Ich habe sie seit fast einem Jahr nicht mehr gesehen.« Sie fing an zu weinen.

Er wartete, bis sie sich beruhigt hatte, und sagte dann leise: »Deutschland?«

»Ja.« Sie seufzte. »Eines Morgens gingen sie zur Arbeit und kamen nicht wieder. Einfach von der Straße weg mitgenommen. Mein Sohn ist Zimmermann, und sie zwangen ihn, in einem Stahlwerk zu arbeiten, irgendwo in einer Gegend, die Bayern heißt. Und meine Schwiegertochter arbeitet auf einem Bauernhof. Sie haben sie getrennt.«

»Kriegen Sie Nachricht von ihnen?«

»Ganz selten. Der letzte Brief von meinem Sohn kam vor zwei Monaten. Ich hoffe, ich werde sie noch zu meinen Lebzeiten wiedersehen.« Sie wischte sich über die Augen.

»Ich bin sicher, das werden Sie, Frau Czymanowsky.« Tadeusz sprach nicht weiter, sondern schaute wieder auf sein Papier. »Bis dahin aber belegen Sie alleine drei Zimmer, was, wie Sie wissen, Frau Czymanowsky, gegen das Gesetz ist. Es gibt einen Mangel an Wohnraum.«

»Habe ich etwas falsch gemacht?« Sie schaute ihn mit tränennassen Augen an, wie ein Kind, das versucht, eine Strafe abzuwenden, indem es schon vorher weint.

»Sie hätten die zwei leerstehenden Zimmer dem Wohnungsamt melden müssen, und das haben Sie nicht getan.«

»Ich bin eine alte, kranke Frau, Herr Inspektor«, bettelte sie. »Bitte werfen Sie mich nicht aus dem Haus.«

»Ich werde Sie nicht aus dem Haus werfen, Frau Czymanowsky. Sie bleiben hier wohnen. Aber wir müssen auch dem Gesetz Genüge tun. Ich will sehen, ob mir etwas einfällt, wie wir Ihnen und dem Gesetz Genüge tun können.«

»Vielen Dank, Herr Inspektor.« Sie reagierte auf ihn mit der besonderen, kriegsbedingten Vorsicht und Schläue der Leute eines besetzten Landes. Er war ein Beamter, der für die Deutschen arbeitete, also mußte sie ihm mißtrauen. Er war aber auch ein Sohn·Polens, der vielleicht doch nicht ohne Gefühl für seine Landsleute war. Dennoch, ein Beamter war ein Beamter, und sie hatte noch keinen Inspektor getroffen, der nicht etwas in die Hand gedrückt bekommen wollte. Und so schlich Frau Czymanowsky, während Tadeusz sich in sein Papier vertiefte, als enthielte es die Lösung ihres Problems, in ihr Schlafzimmer und kam mit einem Schmuckstück zurück, einem herzförmigen goldenen Medaillon. Sie legte es vor ihm auf den Tisch, und als er fragte: »Was ist das?« antwortete sie: »Für Ihre Freundlichkeit.«

»Das ist nicht notwendig, Frau Czymanowsky.« Er schob es in ihre Richtung, als würde schon der Anblick ihn beleidigen.

Es ist ihm nicht genug, dachte die Frau. Weil es so klein ist. »Es ist aus reinem Gold, Herr Inspektor, viel Geld wert.«

»Ich würde es nicht annehmen, und wenn es ganz aus Diamanten wäre, Frau Czymanowsky. Ich bin nicht bestechlich. Ich gehöre nicht zu dieser Art von Inspektoren.«

Sie schaute ihn an, als käme er von einem anderen Stern. Ein Inspektor, der sich nicht bestechen ließ! Wer hatte so etwas schon mal gehört? »Gott wird Sie für Ihre Güte belohnen, Herr Inspektor. Darf ich Ihnen zumindest einen Tee anbieten, mit selbstgemachter Konfitüre?«

»Diese Art von Bestechung werde ich akzeptieren, Frau Czymanowsky«, sagte er und lächelte ihr zu.

Sie nahm das Medaillon, um es zurück in das Schlafzimmer zu bringen. »Ich habe das von einem Juden von der anderen Seite der Straße«, sagte sie und betrachtete es nachdenklich. »Das war, als die Deutschen uns noch zum Tauschen ins Ghetto ließen. Wir brachten ihnen Essen, sie gaben uns dafür alte Kleider, Bettwäsche, Schmuck. Jetzt bin ich alleine und lebe von diesem Schmuck. Stück für Stück verkaufe ich ihn.«

»Leben Sie nur davon?«

»Ja, und von den wenigen Ersparnissen, die mein Mann mir hinterlassen hat. Er war bei der Eisenbahn.«

»Da kann er Ihnen nicht viel hinterlassen haben.«

»Aber er war ein guter Mann, ein sehr guter Mann.« Ihre Augen wurden feucht. »Entschuldigen Sie mich«, sagte sie, stand auf und brachte das Medaillon weg.

Als sie draußen war, schaute Tadeusz sich um. Neben der Tür stand ihr Wasserfaß. Er stand auf und schaute, wie tief es war. Das Faß hatte volle Größe und war so gut wie leer. Als die Frau zurückkehrte, saß Tadeusz wieder auf seinem Stuhl.

Während sie ihm Tee eingoß, entschuldigte sie sich, weil sie nichts außer Konfitüre anzubieten habe. Seit Weihnachten hätte sie nicht mehr gebacken, sagte sie. Man könne ohne Eier nicht backen, und wer könne sich in diesen Zeiten Eier leisten? Als ihr Mann noch lebte, habe er von jeder Fahrt etwas mit nach Hause gebracht. Ein paar Eier, etwas Butter, manchmal sogar ein lebendes Huhn.

»Wo hat er die Sachen aufgetrieben?« fragte Tadeusz neugierig.

»Er war beim Gütertransport«, erklärte sie.»Manchmal fuhr er für eine Nacht weg, manchmal dauerte es mehrere Tage. Güterzüge halten irgendwo, weit außerhalb, bei Bauernhöfen, in kleinen Dörfern. Da hat er dann Leute mitgenommen, die von Dorf zu Dorf wollten. Geld hat er nie von ihnen verlangt. Aber wie es heißt, ›eine Hand wäscht die andere‹.«

»Wann starb er?«

»Im Winter 40. Einige Monate nach der Besetzung. Es geschah mitten in der Nacht. Der Zug war auf dem Weg nach Piotrkow-Tribunalski, als er entgleiste. Sie sagten, es wären die Partisanen gewesen. Sie hätten die Gleise vermint. Der Lokführer war auf der Stelle tot, mein Mann sehr schwer verwundet. Vielleicht wäre er gerettet worden, wenn sie ihn rasch ins Krankenhaus gebracht hätten. Aber es war mitten in der Nacht und irgendwo am Ende der Welt. Erst am nächsten Morgen brachten sie ihn nach Piotrkow ins Krankenhaus. Da war es schon zu spät. Er lebte noch ein paar Tage. Ist irgendwo in der Fremde gestorben...«

»Da muß ein Fehler passiert sein«, sagte Tadeusz. »Die Sabotage der Partisanen richtet sich gegen deutsche Truppentransporte und Züge, die Militärgerät transportieren.«

»Das haben damals die Leute auch gesagt, daß ein Fehler passiert sein muß. Aber der Fehler kostete meinen Mann das Leben.«

Tadeusz tat die Frau wirklich leid, die jetzt schweigend dasaß und vor sich hin schluchzte. Ihre Tränen waren echt und nicht aus Berechnung vergossen, um seine Sympathie zu erregen. In diesem Augenblick wünschte er, nicht die Rolle des Herrn Inspektor spielen zu müssen, sondern der Frau offen sagen zu können, weshalb und mit welchem Ziel er gekommen war. Sie hatte ohne Bitterkeit von den Partisanen gesprochen, obwohl sie den Tod ihres Mannes verursacht hatten, und sie hatte einem Beamten von den »Juden« erzählt, ohne die deutsche Propaganda nachzubeten, die behauptete, die Juden wären schuld am Krieg und am Unglück Polens. Viele Polen taten das. Deshalb kam er sich bei der Rolle, die er spielte, wie ein Heuchler und Betrüger vor. Und doch wußte er, daß er für den Erfolg ihres Plans – und auch zum Schutz der Frau selber – seine Rolle beibehalten mußte und sich nicht erlauben durfte, von seinen Gefühlen fortgerissen zu werden.

Als sie aufgehört hatte zu weinen und sich über die Augen wischte, sagte er: »Frau Czymanowsky, ich werde dafür sorgen, daß Sie Ihre Wohnung behalten können, aber Sie dürfen keinem Menschen davon erzählen.«

»Ich tue, was Sie mir sagen, Herr Inspektor.« Sie schaute ihn dankbar an.

»Sie werden vorübergehend einen Untermieter aufnehmen. Ein paar Wochen, einen Monat vielleicht. Damit habe ich die Möglichkeit, das Einwohnermelderegister so zu verändern, daß man Sie nie wieder behelligen wird.«

»Wo finde ich so einen Untermieter, Herr Inspektor?«

»Untermieter gibt es heutzutage mehr als genug. Ich werde einen für Sie finden.«

»Eine nette, anständige Frau?«

»Es tut mir leid, Frau Czymanowsky, es wird ein Mann sein müssen. Einer der Arbeiter, die vom Land kommen, um hier bei uns in der Stadt zu arbeiten. Aber ich kümmere mich darum, daß es ein anständiger Mann sein wird. Kein Gesindel. Und sicherlich kommt Ihnen etwas Miete auch nicht ungelegen. Übrigens, wieviel verlangen Sie für einen Monat?«

»Ich hatte noch nie einen Untermieter. Wer will schon in diese Gegend ziehen? Sie sagten, es wäre nur für eine kurze Zeit. Da ist es doch egal.«

»Sind Sie mit zehn Zloty die Woche zufrieden?«

»Das sind vierzig im Monat. Meine Güte! Das ist viel Geld.«

»Soweit ich weiß, ist es das, was gezahlt wird.«

»Nicht hier in dieser Gegend. Wenn es ein armer Arbeiter ist, bin ich mit fünfundzwanzig im Monat zufrieden.«

»Wir werden sehen. Und er kann Ihnen ein wenig helfen. Jeden Tag frisches Wasser holen. Ihr Faß ist ja so gut wie leer. Es muß schwierig für Sie sein, selber Wasser zu holen.«

»Meine Nachbarn holen mir immer ein halbes Faß voll, und das reicht dann für zwei oder drei Tage.«

»Solange der Untermieter hier ist, werden Sie jeden Tag frisches Wasser haben. Da können sich Ihre Nachbarn ein wenig ausruhen.« Er schaute auf seine Uhr und stand auf. »Ich mache mich jetzt auf den Weg«, sagte er und streckte ihr die Hand entgegen. »Sie werden von mir hören, wenn ich den richtigen Untermieter für Sie habe. Ich will Ihnen nicht irgendeinen schicken.«

»Gott segne Sie, Herr Inspektor«, sagte sie und brachte ihn zur Tür.

Als er aus dem halbdunklen Hausflur in die plötzliche Helligkeit der Nachmittagssonne trat, schaute Tadeusz vorsichtig nach rechts, bevor er nach links ging. Es war eine unbewußte Geste. Nicht, daß er erwartete, einen Mitarbeiter der Stadtverwaltung hier zu sehen, am wenigsten einen Inspektor. Die Gulb Straße war eine der vergessenen Straßen der Stadt. Das war sie schon vor der Einrichtung des Ghettos gewesen. Die Häuser waren zu weit heruntergekommen, um die Aufmerksamkeit eines städtischen Inspektors zu erregen. Und da die Deutschen jetzt wünschten, daß die Polen sich von dieser Gegend fernhielten, weil das Ghetto voller Typhusfälle sei (eine Behauptung, mit der die Juden als Träger von Seuchen gebrandmarkt werden sollten, und um sie noch mehr von der polnischen Bevölkerung zu isolieren), wurde die Gulb Straße von allen gemieden, die nicht unbedingt dorthin mußten. Trotzdem, Tadeusz mußte sicher sein, daß ihn hier keiner sah, der ihn kannte.

Die Straße hatte sich ein wenig belebt. Leute kamen von der Arbeit oder von Einkäufen nach Hause. Einige Frauen standen mit vollen Eimern um die Pumpe herum und unterhielten sich. Die Kinder von vorhin spielten immer noch auf der Straße, und der Wachsoldat ging immer noch vor dem Tor auf und ab und sah genauso gelangweilt aus wie vorhin. Die Gestalten im Ghetto, die sich gegen den Zaun drückten, wirkten leblos. Tadeusz wollte ihnen zuwinken, ein Zeichen der Zuneigung setzen, aber das würde ihm nur unerwünschte Aufmerksamkeit verschaffen. Während er sie betrachtete, wurde er ganz aufgeregt bei dem Gedanken, daß dort, nur wenige Schritte entfernt, hinter dem Zaun ein kleiner Junge lebte, der bald schon in seinem Haus sein würde. Zwei junge Juden setzten alle ihre Hoffnung darauf, daß er es möglich machte.

Doch das war nur ein Junge; ein kleines Kind von vielen. Und was war mit den anderen, die der dauernde Hunger zu Zwergen hatte schrumpfen lassen, so daß man kaum ihr Alter schätzen konnte, und die mit leblosen Augen die Spiele der polnischen Kinder verfolgten? Gab es irgend jemanden in der Stadt, der etwas für ihre Rettung unternahm? Weder die Frauen, die um die Pumpe herumstanden, noch die Männer, die von der Arbeit nach Hause eilten; nicht einmal Konrad, sein Kontaktmann zur Heimwehr.

Hatte er vorübergehend Skrupel gehabt, für eine private Angelegenheit als städtischer Inspektor aufzutreten, so waren die jetzt völlig verschwunden. Dies war keine private Angelegenheit, sollte zumindest keine sein. Daß es doch eine Aktion eines einzelnen war, machte ihn traurig, aber auch entschlossen, sein Ziel zu erreichen.

Tadeusz schaute auf seine Uhr. Halb sechs. Er wußte,

Irena würde jetzt zu Hause sein. Er hatte es eilig, ihr von seinem erfolgreichen Besuch bei Frau Czymanowsky zu erzählen und mit ihr zu besprechen, was als nächstes getan werden mußte. Er war zu aufgeregt, um zurück in sein Büro zu gehen, und machte sich auf den Weg nach Hause.

13

Sonntag. Irena und Tadeusz waren um sechs aufgestanden, um die Frühmesse zu besuchen. Nach einem raschen Frühstück aus schwarzem Brot, Rübensaft und Tee beeilten sie sich, zum Busbahnhof zu kommen. Um halb neun fuhr der Bus aufs Land. Nach dem Besuch bei Frau Czymanowsky hatten sie sich zwei Tage lang mit dem Problem, einen ›Untermieter‹ zu finden, herumgeschlagen und waren zu dem Schluß gekommen, daß es jemand von außerhalb, ein vollkommen Fremder sein mußte. Das paßte zu dem gegenwärtigen Zustrom von Landarbeitern und anderen Leuten, die in die Stadt kamen, um bei irgendwelchen Kriegsprojekten zu arbeiten. Und es würde den peinlichen Zufall ausschließen, daß ihr Helfer später von den Bewohnern der Gulb Straße wiedererkannt werden könnte.

Nachdem ihnen beiden klar war, daß dies die beste Lösung sei, war es selbstverständlich, daß sie sich an Irenas Tante Marusia wenden würden. Sie war eine der wenigen Polinnen, von denen sie nie eine antisemitische Bemerkung gehört hatten. Auch wenn Marusia es selber nicht erwähnt hatte, so hatte doch ihre Tochter Nina Irena anvertraut, daß sie einmal eine ganze jüdische Familie,

Mann, Frau und zwei Kinder, bei sich auf dem Hof aufgenommen hatte, bis diese eine größere Unterkunft gefunden hatten. Der Mann, ein Milchhändler aus der Stadt, hatte früher bei Marusia eingekauft. Dank Marusias Bereitschaft, sie aufzunehmen, hatten diese Leute einen Tag, bevor die anderen Juden ins Ghetto mußten, aus der Stadt flüchten können.

Irina konnte sich nicht mehr an Einzelheiten erinnern, weil es schon länger hergewesen war, daß sie davon erfahren hatte, und bei den folgenden Besuchen auf dem Bauernhof war nie wieder darüber gesprochen worden. Seit damals aber betrachtete sie ihre Tante mit besonderem Stolz. Manchmal spürte sie den Wunsch, sie zu umarmen und zu sagen: ›Ich weiß, was du getan hast, Tante, und ich liebe dich dafür.‹

Nachdem sie aus dem Bus gestiegen waren, verließen sie die Hauptstraße und kamen auf den schmalen Pfad zwischen den Feldern, der zu dem Bauernhof führte. Irena sagte wie zu sich selber: »Es ist so ruhig und friedlich hier, man kann fast vergessen, daß Krieg ist.« Tadeusz war in Gedanken versunken und hatte gar nicht richtig zugehört. Pflichtbewußt schweifte sein Blick über den Horizont, und er war gerade dabei, etwas zu erwidern, als er Marusia erblickte und ihr zuwinkte. Marusia hatte sie von der Türschwelle des Bauernhauses aus entdeckt und kam ihnen jetzt entgegen. Sie war Anfang Fünfzig, eine kräftige, fast ausladende Frau mit rundem Gesicht. Wegen ihrer grauen Haare wirkte sie älter als sie war. Sie nahm die beiden in die Arme und begrüßte sie mit echter Herzlichkeit.

»Vergib uns, Tante«, sagte Irena, »aber wir hatten keine Zeit, unseren Besuch anzukündigen.«

»Wofür soll ich euch vergeben? Für so eine schöne Überraschung? Ich bin so froh, daß ihr gekommen seid. Und eine Überraschung verdient eine zweite«, fügte sie aufgeregt hinzu. »Ihr seid gerade rechtzeitig gekommen, um Ninas neuen Freund kennenzulernen.«

»Ninas Freund? Um Gottes willen. Seit wann denn?«

»Seit etwa... laßt mich nachdenken... etwa sechs Wochen.«

»Sechs Wochen? Kein Wort davon hat sie in ihrem letzten Brief erwähnt!«

»Damals war sie sich noch nicht sicher.«

»Und jetzt?«

»Jetzt ist sie bis über beide Ohren in den Kerl verliebt. Läuft die Hälfte der Zeit wie auf Wolken umher«, erzählte Marusia amüsiert.

»Wie heißt er?«

»Lutek. Ein sehr netter Mann. Ihr werdet ihn mögen.«

»Ist er gerade da?«

»Noch nicht. Sonntags kommt er gegen elf und bleibt dann für den Rest des Tages.«

»In dem Fall, Tante«, sagte Tadeusz, »wollen wir etwas mit dir besprechen, bevor er kommt.«

Sein Ton war so ernst, daß sie prompt reagierte. »Du bist doch nicht in Schwierigkeiten, oder?«

»Nein, nein. Aber wir wollen mit dir alleine reden. Es ist etwas, das nur uns angeht.«

»Dann kommt ins Haus. Nina zieht sich noch an. Sie kommt bald runter. Wenn es aber nur für meine Ohren bestimmt ist, können wir auch in mein Zimmer gehen.«

»Nina gehört zur Familie«, sagte Tadeusz. »Es ist wegen diesem Lutek. Er ist zwar ihr Freund, aber doch noch ein Fremder.«

Sie setzten sich um den Küchentisch, und obwohl sie alleine waren, begann Tadeusz mit gedämpfter Stimme zu sprechen. Es war fast ein Flüstern, als er ihren Plan offenbarte. Marusia nickte immer wieder verständnisvoll, während er sprach. Als er geendet hatte, standen Tränen in ihren Augen. »Ihr beide verrichtet die Werke des Herrn«, sagte sie. »Ich bin froh, daß ihr gerade heute gekommen seid. Lutek kann euch viel schneller helfen als ich. Er kennt die Gegend und weiß, wer so etwas machen würde.« Sie bemerkte den zögernden Ausdruck in ihren Gesichtern und fügte hinzu: »Es ist schon in Ordnung. Für euch ist er ein Fremder, aber ihr könnt ihm vertrauen. Was ihr macht, macht er auch.«

»Er hilft Juden?« fragte Tadeusz vorsichtig.

»Ich weiß ganz sicher, daß er es getan hat. Ja.«

Tadeusz wandte sich an Irena. »Vielleicht sind wir gerade zur rechten Zeit gekommen.«

»Erzähl mir mehr von ihm, Tante«, sagte Irena. »Ist er hier aus der Gegend?«

»Nein, er ist nicht aus dem Dorf hier, wenn du das meinst.«

»Stammt er aus der Gegend hier?«

»Das ja. Sicher.«

»Wo hat er früher gelebt?«

»Irgendwo in der Nähe von Krakau.«

»Und er ist hierher gezogen.«

»Ja.«

»Wie haben Nina und er sich kennengelernt?«

Sie zögerte. »Ich sollte auch das nicht erzählen«, sagte sie und lächelte verschämt. »Aber ihr gehört zur Familie, und wenn er mir vertraut, dann sollte er auch euch vertrauen. Lutek ist ein Partisan. Er lag mit seiner Abteilung in einem der Wälder rund um Krakau. Dann ist etwas Schlimmes passiert, etwas sehr Schlimmes. Seine Abteilung wurde von einem der eigenen Männer verraten.«

»Einem Spitzel, nehme ich an«, meinte Tadeusz.

»Ja. Und sie mußten die Gegend verlassen, ganz schnell abhauen. Vor etwa zwei Monaten kamen sie hier in die Wälder. Sie haben sich noch nicht fest eingerichtet, weil sie nicht wissen, ob sie bleiben. Nina macht sich Sorgen, daß sie eventuell weiterziehen.«

»Ich bin immer noch neugierig darauf, wie sie sich kennengelernt haben«, meinte Irena.

»Sie mußte nicht weit gehen, um auf ihn zu treffen. Er kam zu uns ins Haus. Eines Abends klopfte es an der Tür, und da kamen sie herein, zwei bärtige Männer. Ich hatte sie vorher noch nie gesehen, also wußte ich sofort, daß es Fremde waren. ›Wir sind Partisanen‹, sagten sie. ›Würden Sie uns etwas zu essen geben?‹ Nun, sie haben gegessen, als hätten sie drei Tage gefastet. Als sie merkten, daß wir freundlich zu ihnen waren, begannen sie zu sprechen. Sie meinten, daß sie nicht von jedem so nett aufgenommen würden. Einige hätten Angst vor den Deutschen, die rausbekommen könnten, daß sie Partisanen im Haus hatten; andere gaben ihnen etwas, weil sie Angst vor ihnen hatten.

Na ja, so wurde es spät. Statt sie auf den langen Weg zurück in den Wald zu schicken, boten wir ihnen an hierzubleiben. Sie schliefen hier im Haus. Am nächsten Tag hörte Nina nicht mehr auf, von Lutek, das war der Jüngere von den beiden, zu sprechen. Tadek, der Ältere, ist auch ganz nett, aber zwischen ihr und Lutek hat es sofort gefunkt. Und seitdem kommt er immer wieder. Der Wald ist ja nicht weit, gleich hinter dem Feld. Also vergeßt nicht, ich habe euch ein Geheimnis verraten.«

»Keine Sorge, Tante«, meinte Tadeusz, »wir werden es keinem Menschen verraten. Ich würde ja auch der Heimwehr helfen, wenn ich irgendwie könnte.« Nur so weit erlaubte er sich, sein Geheimnis zu verraten.

»Lutek ist bei der Volksgarde.«

Die Erwähnung der Volksgarde veränderte sofort den Ausdruck auf Tadeusz' Gesicht. Es war, als hätte er eine schlechte Nachricht erhalten. Irena sah nicht fröhlicher aus.

»Stimmt irgend etwas nicht?« fragte Marusia und gab sich, nachdem sie die beiden prüfend betrachtet hatte, selber die Antwort: »Ich glaube, ich weiß, was euch Sorgen macht. Es ist, weil Lutek bei der Volksgarde ist.«

»Das ist richtig, Tante«, meinte Tadeusz. »Das ist ein ganz linker Haufen.«

»Und wir sympathisieren mit der Heimwehr«, fügte Irena hinzu.

»Das tue ich auch«, sagte Marusia. »Ich sympathisiere mit jedem, der gegen die Deutschen kämpft. Und ihr könnt nicht sagen, daß die Volksgarde nicht gegen die Deutschen kämpft, oder?«

»Nein, das kann ich nicht sagen«, gab Tadeusz zu. »Aber ich mag sie trotzdem nicht.«

»Vielleicht ist das zu hoch für mich, ich bin ja nur vom Lande«, sagte sie und wirkte verwirrt. »Aber wenn sie Partisanen sind, die für Polens Freiheit kämpfen, dann ist mir egal, ob sie ein linker Haufen, ein rechter Haufen oder ein mittlerer Haufen sind, wenn es so was überhaupt gibt. Sie kämpfen gegen Polens Feinde, also sind sie polnische Patrioten. Das zählt für mich.« Und dann wandelte sich der ernste Ausdruck in ihrem Gesicht, sie lächelte. »Egal, ob ihr die Volksgarde mögt oder nicht, Lutek werdet ihr gern haben. Das verspreche ich euch.«

»Hauptsache, daß Nina ihn gern hat«, meinte Irena.

»Ihn gern hat... Die beiden sprechen schon vom Heiraten. Und dabei kennen sie sich gerade mal sechs Wochen! Also solltet ihr ihn besser gern haben«, meinte sie lächelnd. »Er ist drauf und dran, auch zur Familie zu gehören.«

»Trotzdem, Tante«, meinte Tadeusz sehr ernst, »möchte ich lieber nicht mit ihm über die Sache reden.«

»Du meinst über das jüdische Kind?«

»Ja. Es sollte unter uns bleiben.«

»Ich glaube, ihr macht da einen Fehler, Tadeusz, aber es ist eure Sache. Alles, was ich dazu sagen kann, ist, daß ich ihm traue, wie ich meinen nächsten Angehörigen vertraue.«

Tadeusz sagte nichts dazu. Wie konnte er ihr erklären, daß es keine Sache von Vertrauen, sondern von Verrat war. Einem Mann aus der Volksgarde etwas zu sagen, was er der Heimwehr bewußt vorenthalten hatte, das wäre ein

Akt des Verrats von seiner Seite aus. »Es ist ja nicht so, daß ich ihm mißtraue, Tante«, sagte er schließlich. »Er kann ja ein anständiger, vertrauenswürdiger Kerl sein, ich will nur einfach nichts mit der Volksgarde zu tun haben.«

»Du glaubst, daß es für das Kind einen Unterschied macht, wer es rettet, ein Mann von der Heimwehr oder einer von der Volksgarde? Wenn dein Haus brennt, sagst du ja auch nicht, ›Ich will, daß nur Freunde das Feuer löschen, die anderen bleiben bitte fern.‹ Man sollte doch meinen, daß jeder, der in solch einem Augenblick mit einem Eimer voll Wasser angerannt kommt, ein Freund ist.«

»Und da redet eine einfältige Bäuerin!« Voller Stolz strahlte Irena ihre Tante an, beugte sich vor und küßte sie. Dann wandte sie sich an Tadeusz. »Ich glaube, Tante Marusias Argumenten kann man nicht widersprechen.«

»Also meinst du, wir sollten uns mit der Volksgarde einlassen?« Tadeusz schaute sie vorwurfsvoll an.

»Alles, was ich sage, ist, daß wir ihn nicht von vornherein ablehnen sollten, noch bevor wir ihn überhaupt getroffen haben. Erst sollten wir ihn kennenlernen und dann entscheiden. Außerdem, ein Mann ist nicht die gesamte Volksgarde.«

Tadeusz nickte widerstrebend, woraus beide Frauen schlossen, daß er mit Irenas Vorschlag einverstanden war.

In diesem Moment kam Nina in das Zimmer, entdeckte Irena und Tadeusz, schrie überrascht auf und lief auf die beiden zu, um sie zu küssen. »Meine Güte, sind wir aber fein angezogen«, sagte Irena und betrachtete bewundernd die frischgebügelte, bestickte weiße Bluse und den mit

Blumen bedruckten Baumwollrock, den Nina trug. »Und ich weiß auch, weshalb«, ergänzte sie und lächelte ihrer Cousine verschwörerisch zu.

»Mama hat also schon alles erzählt.« Nina errötete leicht und sah in diesem Moment noch jünger aus, als sie war, neunzehn Jahre alt.

»Ja, hat sie. Meinen Glückwunsch. Ich höre, er ist sehr nett.«

»Hat sie erzählt, was er macht?«

»Habe ich«, sagte Marusia und fügte nach leichtem Zögern hinzu: »Und daß er zur Volksgarde gehört.«

Nina schaute ihre Mutter vorwurfsvoll an.

»Es ist schon in Ordnung, Nina«, sagte Irena. »Man kann uns vertrauen.«

»Das meine ich nicht. Ich meine, was haltet ihr von der Volksgarde? Einige Leute scheinen sie nicht zu mögen. Ich bin sicher, Lutek gefällt euch auf jeden Fall.«

»Da bin ich mir auch sicher.«

Nina schaute auf die Wanduhr. »Er sollte bald dasein. Ich gehe raus, um nach ihm zu sehen. Kommst du mit, Irena?«

»Geh schon, Irena«, meinte Marusia. »Und du, Tadeusz, solltest auch mitgehen. Ihr solltet alle gehen und euch ein wenig gesunde Landluft gönnen, während ich das Essen vorbereite.«

Sie hatten das ganze Feld abgesucht, das sich bis an den Rand des Waldes erstreckte, und die Augen auf die schmalen schmutzigen Wege gerichtet, die an beiden Seiten des Feldes entlangliefen, aber auch nach einer halben Stunde

war keine Spur von Lutek und seinem Pferd zu entdecken.
»Kommt, wir laufen ein wenig herum«, meinte Irena.
»Hier stehenbleiben ist wie dem Kochtopf zuzuschauen.
Es scheint dann immer länger zu dauern.« Sie nahm Ninas
Arm, und ihre Cousine folgte ihr widerstrebend, wandte
aber immer wieder den Kopf zurück zum Haus. Nach
fünfzehn Minuten Spaziergang war sie mit ihrer Geduld
am Ende.

Als sie zurückkamen, saß Marusia auf der Vortreppe.
»Du siehst aus, als würde die Welt untergehen«, sagte sie
zu Nina. »Es ist nicht das erste Mal, daß er sich verspätet.«

»Aber doch nicht so lange«, sagte Nina, und in ihren
Augen glitzerten die Tränen. »Normalerweise kommt er
um halb elf, und jetzt ist es schon fast zwölf.«

Düsteres Schweigen, keiner fand ein Wort des Trostes.
Lutek war als Partisan vielen Gefahren ausgesetzt. Alles
mögliche konnte passiert sein. Sie gingen zusammen in
das Haus, und während die anderen versuchten, sich über
Dinge zu unterhalten, die nichts mit Lutek und seinem
Ausbleiben zu tun hatten, starrte Nina in einem Sessel versunken
abwechselnd auf den Boden oder auf die Wanduhr.
Es war zwei, als Marusia begann, den Tisch zu dekken.
»Er wird nicht schneller kommen, nur weil wir nichts
essen«, sagte sie.

»Ich helfe dir, Tante«, sagte Irena, um sich mit etwas
beschäftigen zu können.

Geistesabwesend stand auch Nina auf und griff sich das
Besteck. Als sie neben ihrem Platz auch für Lutek gedeckt
hatte, wurden ihre Augen feucht, und sie verließ das Zimmer.
Irena war dabei, ihr zu folgen, aber Marusia hielt sie

zurück. »Laß sie gehen«, sagte sie. »Sie wird heftig weinen und dann von alleine zurückkommen.«

Tadeusz stand in Gedanken versunken am Fenster. Vorher hatte er heftige Widerstände gehabt, den Rettungsplan mit Lutek zu besprechen. Jetzt machte er sich Sorgen, daß Lutek nicht mehr kommen würde. Die Sorgen galten nicht nur Nina und Marusia, sondern auch seinem Plan. Nicht, daß er alle Vorbehalte aufgegeben hätte. Immer noch war er unglücklich darüber, sich – sozusagen – hinter dem Rücken der Heimwehr mit einem Mann der Volksgarde einzulassen.

Wie aber konnte er die einfache, klare Wahrheit leugnen, die Marusia formuliert hatte: Machte es für das Kind und seine Eltern irgendeinen Unterschied, wer die Rettung ermöglichte, die Heimwehr oder die Volksgarde? Einen Unterschied würde es aber machen, fiele das Kind, wegen der Gegensätze zwischen den beiden Widerstandsgruppen, dem gemeinsamen Feind, den Deutschen, in die Hände.

Und wessen Verschulden war es denn, daß er gezwungen war, über eine Zusammenarbeit nachzudenken, die nicht unbedingt nach seinem Geschmack war? Wenn Konrads Haltung zur Rettung von Juden der von Lutek geglichen hätte – und er hatte keinen Grund, an Marusias Worten zu zweifeln, daß Lutek ›die Werke des Herrn verrichtete‹, wie sie es nannte –, dann wäre er mit Herschels Plan zu seinem eigenen Mann gegangen, zu Konrad. Nun aber machten Konrads Reaktion auf die erste im großen Maßstab durchgeführte Deportation aus dem Ghetto, plus Herschels Geschichte von der einzigen Pistole der Widerstandsbewegung im Ghetto, es ihm leichter, die noch vorhandenen Vorbehalte beiseite zu schieben und mit Lutek zu sprechen.

Plötzlich wurde die Tür aufgerissen und seine Gedankengänge durch Ninas fast hysterischen Schrei unterbrochen: »Er kommt! Er kommt!« Sie liefen alle nach draußen. Nach der Begrüßung bemerkte Irena, daß Lutek genauso aussah, wie sie ihn sich vorgestellt hatte: wie ein Junge. Er hatte ein offenes Gesicht, sandfarbenes Haar und blaue Augen; ein echter Pole. Sein Lächeln nahm einen sofort für ihn ein. Sie konnte sehen, weswegen Nina so von ihm angezogen war und warum auch Marusia ihn mochte. Er konnte Leute durch seine bloße Anwesenheit für sich gewinnen. Sie spürte das und merkte zufrieden, daß es auch Tadeusz so ging.

»Ich hoffe, ihr habt nicht meinetwegen mit dem Essen gewartet«, sagte er zu Marusia.

»Doch, aber wir vergeben dir, wenn du dich schnell wäschst und gleich reinkommst.«

Nina brachte ein Handtuch und freute sich auf die Möglichkeit, mit ihm an der Wasserpumpe allein zu sein. Er hielt seinen Kopf unter den Wasserhahn, während sie den Schwengel auf und nieder drückte. Der Strahl des eiskalten Wassers auf seinem Kopf nahm ihm fast die Luft weg. Als er sich abtrocknete, sagte Nina: »Lutek, du siehst traurig aus. Was ist passiert?«

Er schaute sie lange an, bevor er antwortete: »Ich habe meinen Freund begraben. Tadek. Heute früh.«

»Tadek!« Tränen schossen ihr in die Augen. »Ich habe gespürt, daß etwas passiert ist.« Langsam schüttelte sie den Kopf und starrte in die Leere.

»Fast hätte ich selber nicht kommen können.«

»Lutek!« Nina brachte kein weiteres Wort hervor, schlang die Arme um ihn und drückte ihn an sich.

Marusia trat aus der Tür, sah sie in ihrer Umarmung, zögerte einen Moment, sagte dann leise: »Die Suppe ist auf dem Tisch, Kinder«, und ging in die Küche zurück.

Marusia merkte, daß er ohne Appetit aß. Lutek war nicht er selber. Auch das brütende Schweigen paßte nicht zu ihm. »Gab es wieder Ärger?« fragte sie.

Er nickte traurig.

»Tadek ist tot, Mutter«, sagte Nina, als müsse sie für ihn antworten.

»Tadek, dieser nette Mann, Jesus Maria.« Sie bekreuzigte sich. »Wie? Was ist passiert?« Sie merkte, wie er zögerte, und sagte: »Es ist in Ordnung, Lutek, Irena und Tadeusz wissen, daß du bei den Partisanen bist. Ich habe es ihnen erzählt.«

»Und daß du bei der Volksgarde bist«, fügte Nina hinzu.

»Das hast du ihnen auch erzählt«, sagte Lutek lächelnd zu Marusia.

»Sie gehören zur Familie.«

Lutek wandte sich an Irena und Herschel. »Es gibt Familie und Familie«, sagte er. »Ich nehme an, ihr gehört zur richtigen Art Familie, sonst hätte sie euch nichts gesagt.«

»Ich glaube, ja«, antwortete Tadeusz.

»Dann habt ihr wohl auch von dem Spitzel gehört?«

»Nur, daß es einen bei euch gab. Ich nehme an, er war für einige Verluste verantwortlich.«

»Fast ein Drittel unserer Abteilung! Ich muß wohl nicht sagen, daß wir nach ihm suchen. Und jetzt«, er wandte sich nun an alle am Tisch, »haben wir letzte Nacht Informationen von einem Kontaktmann bekommen, daß *er* in dieser Gegend ist, in einem Dorf, etwa acht Kilometer von hier entfernt.

Wir haben eigentlich nicht damit gerechnet, daß er so schnell wieder anfangen würde, hier herumzuschnüffeln. Normalerweise legen die Deutschen ihre Ratte, wenn ihr ein großer Coup gelungen ist, erst mal auf Eis, versetzen sie dann in einen anderen Teil des Landes, wo die Wahrscheinlichkeit, daß man sie erkennt, sehr gering ist. Dort setzt sie dann ihre Arbeit in einer Stadt oder einem Dorf fort. Trotzdem konnten wir es uns nicht leisten, der Information nicht nachzugehen. Wir mußten sie überprüfen.

Tadek und ich wurden für die Aufgabe ausgewählt. Gewöhnlich arbeiteten wir zusammen bei solchen Missionen. Diesen Kerl hätten wir allein an seiner Stimme wiedererkannt. Also machten wir uns heute morgen früh auf den Weg in das Dorf und gingen dort direkt in die Hütte, in der er gesehen worden war. Es stellte sich heraus, daß das ein Fehler war. Es gab zwar eine gewisse Ähnlichkeit mit dem Verräter, aber der Mann war ein Verwandter des Bauern, der zu Besuch war.

Auf dem Weg zurück trafen wir auf eine deutsche Patrouille zu Fuß. Sie waren zu viert und wir waren zwei. Eine unangenehme Überraschung. Hätten sie uns durchsucht, würden sie unsere Waffen entdeckt haben, und wir wären geliefert gewesen. Wir hatten einen Vorteil, wir saßen auf unseren Pferden. Das mußten wir schnell nutzen. Jeder von uns warf eine Handgranate auf sie, wir drehten um und flohen. Einer der Deutschen begann zu schießen und traf Tadek zweimal. Obwohl er heftig blutete, schaffte er es bis zu unserem Lager. Dort brach er zusammen. Wir begruben ihn im Wald.«

Einen Moment lang hörten sie alle auf zu essen, und keiner sprach. Es war, als würden sie mit ihrem Schweigen Tadek eine letzte Ehre erweisen. Marusia und Nina, die Tadek einige Male getroffen und ihn gern gehabt hatten, wischten sich die Tränen aus den Augen. Marusia brach das Schweigen: »Kein Priester, ... keine Beichte, ... keine Familie am Grab.« Sie wandte sich an Lutek: »Gibt es zumindest einen Stein auf seinem Grab?«

»Keinen Stein, das könnte uns verraten. Wir haben ein kleines Zeichen hinterlassen, eingeschnitzt in einen Baum. Bis nach dem Krieg muß das reichen. Und was den Priester angeht...«, er brach ab, als wollte er überlegen, ob er in der Gegenwart von Irena und Tadeusz etwas preisgeben sollte, das er bisher nicht mal Nina und Marusia gegenüber erwähnt hatte, das nicht mal alle in ihrer Abteilung wußten. »Marusia«, sagte er schließlich, »für Tadek hätte es eher ein Rabbi als ein Priester sein müssen.«

»Tadek?« Marusias Stimme drückte ihr Erstaunen aus. »Ich wäre nie darauf gekommen, daß er Jude ist.«

»Ich auch nicht«, meinte Nina. »An der Art, wie er sprach, konnte man nichts merken. Er sprach ohne jeden Akzent.«

»Das ist einer der Gründe, weswegen es ihm gelang, aus

dem Ghetto zu fliehen und bis in die Wälder zu kommen«, sagte Lutek. »Hat einer einen Akzent, helfen ihm auch falsche Papiere nicht viel.«

»Habt ihr noch mehr Juden in eurer Abteilung?« wollte Irena wissen.

»Wir hatten noch einen, er nannte sich Janusz. Er kam auch mit Tadek in den Wald. Verloren haben wir ihn in diesem deutschen Hinterhalt, in den der Spitzel unsere Männer führte. Wenn ich es recht überlege, ist er auch für Tadeks Tod verantwortlich.«

»Wieso sind sie gerade in eurer Abteilung gelandet?« wollte Tadeusz wissen. »Kamen sie einfach angelaufen oder was?«

»Nein, sie kamen nicht angelaufen. Sie wußten, wohin sie gingen, und wir hatten sie erwartet. Wir hatten Kontakt zum Widerstand in ihrem Ghetto gehabt. Versorgten sie mit Waffen. Zu wenig, weil wir selber sehen müssen, wo wir sie herbekommen. Wir haben nicht den Nachschub, wie ihn die Heimwehr hat. Sechs waren geflohen, aber nur diese beiden haben es bis zu uns geschafft. Die anderen... nun, zwei wurden von einem Bauern verraten, einem Kollaborateur. Die beiden anderen liefen in einen deutschen Hinterhalt, gleich nachdem sie aus der Stadt raus waren. Tadek und Janusz meldeten sich immer freiwillig für die gefährlichsten Aufträge. Sie sagten, sie hätten noch eine besondere Rechnung mit Hitler zu begleichen. Wenn euch irgend jemand sagt, die Juden könnten nicht kämpfen, glaubt ihm nicht.«

»Es gibt ein Ghetto bei uns in der Stadt«, begann Tadeusz vorsichtig. Er hatte keine Zweifel mehr, ob er

Lutek um Hilfe bitten sollte. Es war nur noch die Frage, wie die Sache am besten anzusprechen war.

»Wenn wir beschließen, hier in diesem Wald zu bleiben, werden wir versuchen, mit dem Ghetto Kontakt aufzunehmen.«

»Wenn ihr zu lange wartet, wird es niemanden mehr im Ghetto geben, mit dem man Kontakt aufnehmen kann«, sagte Irena. »Die Deutschen haben vor einigen Tagen schon eine ihrer *Aktionen* durchgeführt...«

»Irgend etwas in der Art habe ich von einem Bauern gehört. War das bei euch in der Stadt?«

»Ja.« Tadeusz nickte. »Einige hundert Juden.«

»Ich frage mich, ob sie so etwas wie eine Widerstandsbewegung haben«, dachte Lutek laut.

»Haben sie, aber keine Waffen.«

»In dieser Richtung können wir ihnen unglücklicherweise nicht helfen. Zumindest jetzt nicht. Wir sind total ausgeblutet. Wir versuchen selber, wieder auf die Füße zu kommen.«

»Es gibt eine Sache, bei der du helfen könntest...«

»Keine Waffen...«

»Nein, keine Waffen, Ratschläge... vielleicht auch noch etwas anderes.«

»Also, was ist dieses ›etwas andere‹?«

»Es geht darum, ein Kind aus dem Ghetto zu schmuggeln, einen kleinen Jungen.« Und ohne sich mit weiteren Vorreden aufzuhalten, begann Tadeusz den Plan auszubreiten, wie der kleine David gerettet werden sollte. Obwohl Marusia den Plan schon einmal gehört hatte, konzentrierte sie sich mit derselben Aufmerksamkeit, als hörte sie ihn zum ersten Mal. Und Lutek, der schon viele gefährliche Zusammenstöße mit den Deutschen hinter sich hatte, fand den Plan so fesselnd, daß er beim Zuhören immer wieder ungläubig den Kopf schüttelte, um am Ende ein tief befriedigtes Lächeln zu zeigen, als wäre der Partisan in ihm erfreut und fasziniert von der Kühnheit des Plans. »Ich sehe, ihr habt alles bis in die letzte Einzelheit geplant«, sagte Lutek. »Was ihr jetzt noch braucht, ist der Untermieter, wie du ihn nennst.«

»Den <u>richtigen</u> Untermieter«, betonte Tadeusz. »Ohne den Untermieter bleibt der ganze Plan nur Theorie. Und es muß jemand von außerhalb der Stadt sein. Deshalb sind wir heute hier, Irena und ich.« Er machte eine Pause und schaute Lutek durchdringend an. Halb im Scherz meinte er dann: »Also, wenn du bereit wärst, dich von deinem Bart zu trennen, dann müßten wir nicht weiter suchen. Unser Untermieter stünde vor mir.«

»Ist das alles, was dem im Wege steht?« lächelte Lutek. »Mein Bart?«

»Ich glaube nicht, daß dein Bart zur Gulb Straße paßt. Du würdest dort zu verdächtig wirken.«

»Meinst du das ernst? Ich meine... ich sollte die Sache machen...?«

»Ich meine es ernst, wenn du es ernst meinst.«

»Um die Wahrheit zu sagen, mir ist es ernst. Der Plan gefällt mir.«

»Ich kann morgen anfangen, deine Papier zu bearbeiten.«

»So weit sind wir noch nicht. Ich treffe solche Entscheidungen nicht alleine. Ich werde mit meinem Kommandanten reden müssen. Könnt ihr nächste Woche wieder hier sein?«

»Wir können, aber eine ganze Woche ist sehr lange«, meinte Irena.

»Sie hat recht«, sagte auch Tadeusz. »Die Menschen im Ghetto sind voller Angst. Die Deutschen können jeden Tag wiederkommen.«

Lutek schaute auf die Uhr. Es war halb vier. »Ich könnte es schaffen, bis sechs wieder zurück zu sein.« Er stand auf.

»Wenn der Kommandant einverstanden ist, dann komme ich mit dir«, sagte Nina begeistert. »Ich werde bei denen wohnen«, sagte sie und nickte Irena und Tadeusz zu.

»Du bist herzlich eingeladen«, sagte Irena.

Lutek wandte sich an Tadeusz. »Was meinst du, wie lange wird es dauern? Ich meine, wie lange soll ich den Untermieter spielen?«

»Im voraus ist das schwer zu sagen. Es kommt darauf an, wie es läuft. Du mußt dich auf mindestens zwei Wochen einrichten.«

»Zwei Wochen kann ich hier auf keinen Fall alleine zurechtkommen, Nina«, sagte Marusia.

»Aber für ein paar Tage kann ich doch gehen, Mutter?«

»Das könnt ihr später klären«, sagte Lutek und fügte noch hinzu: »Falls es überhaupt etwas zu klären gibt.«

Sie alle begleiteten ihn aus dem Haus, er bestieg sein Pferd und blieb einen Augenblick lang bewegungslos sitzen, sah sie an und lächelte, als würde er fotografiert werden. Dann drückte er dem Pferd die Fersen in die Seite und ritt davon.

»Sei äußerst vorsichtig, Lutek!« rief ihm Nina nach, aber er schien es nicht mehr gehört zu haben. Er galoppierte schnell über das Feld, direkt auf den Wald zu.

Kurz vor sechs kehrte Lutek zum Bauernhof zurück und brachte die Nachricht mit, sein Kommandant sei damit einverstanden, daß er mit in die Stadt ginge. Irena und Tadeusz waren sehr zufrieden. Während er weggewesen war, hatten sie einige Zeit alleine miteinander verbracht und dabei ihre Eindrücke ausgetauscht. Sie kamen zu dem Schluß, daß er einen idealen ›Untermieter‹ abgeben würde. Er war mutig, hatte Juden gegenüber die richtige Einstellung, und man konnte ihm vertrauen. Natürlich wären sie zufriedener gewesen, wenn er nicht zu einer rivalisierenden Partisanengruppe gehört hätte, doch dieser einzige Nachteil wurde von allen positiven Eigenschaften mehr als aufgewogen. Außerdem hatten sie es hier nicht mit der Volksgarde zu tun, sondern mit jemandem, der zufällig dazugehörte. Was sie betraf, war dies ein vollkommen privates Unternehmen, etwas, das getrennt und unabhängig von der Organisation gesehen werden sollte, zu der er gehörte. Ja, sie hatten großes Glück gehabt, daß sie schon beim ersten Versuch den richtigen Mann gefunden hatten.

»Was ist mit deinem Bart?« fragte Tadeusz.

»Du meinst, er muß ab?«

»Es wäre besser. Dadurch fällst du zu sehr auf. Du weißt selber, was bei dieser Art Arbeit gilt. Je weniger man sich an dein Gesicht erinnern kann, um so besser für dich.«

»Ich trenne mich sehr ungern von meinem Bart, aber du hast recht. Weg mit ihm. Ich mag es, daß du vorsichtig bist, auf Kleinigkeiten achtest. Weißt du, Tadeusz, du wärest ein guter Mann für den Widerstand.«

»Versuchst du, mich für die Volksgarde zu werben?« fragte Tadeusz lächelnd.

»Genau das tue ich, ja.« Lutek nickte, und als er bemerkte, wie Tadeusz' Lächeln sich zu einem breiten Grinsen wandelte, meinte er noch: »Ich meine es sehr ernst.«

»Ich stehe nicht zur Verfügung.« Tadeusz schüttelte ganz entschieden den Kopf.

»Du verstehst mich nicht, du sollst ja nicht die Stadt verlassen und in den Wald kommen. Du kannst viel für uns da tun, wo du jetzt bist.«

Tadeusz hatte sich schon so etwas gedacht, fragte aber trotzdem: »Was zum Beispiel?«

»Das, was du jetzt für mich tun wirst; Papiere frisieren für unsere Partisanen, wenn das notwendig wird.«

»Nein, Lutek, das kommt nicht in Frage.«

»Eine Adresse haben wir schon. Von jetzt an wird Frau Czymanowsky nicht mehr nach Untermietern suchen müssen. Ich werde ihr immer einen ›Bekannten‹ empfehlen können. Wir würden sogar dann die Miete bezahlen, wenn wir das Zimmer gar nicht nutzen. Nur um es reserviert zu haben.«

»Ich habe ihr einen Untermieter für wenige Wochen versprochen, aber das könnte arrangiert werden. Sie kann die Miete gebrauchen. Doch das andere werde ich nicht machen.«

»Und warum nicht?«

Tadeusz schwieg. Er stand einfach da, schüttelte den Kopf und schaute an Lutek vorbei ins Leere.

»Ich weiß, daß du was riskierst«, drängte Lutek, »aber das tue ich auch. Jeden Tag. Den Feind zu bekämpfen, geht nicht ohne Risiko.«

»Wenn du meinen Patriotismus in Frage stellst, Lutek, dann irrst du dich. Ich bin ebenso Patriot wie ihr, auch wenn ich nicht in die Wälder gehe.«

»Und warum willst du das dann nicht machen?«

»Ich habe meine Gründe. Und ich würde mich freuen, wenn du mich nicht mehr drängst, weil ich sowieso nicht in der Situation bin, es dir erklären zu können.«

Es folgte ein langes Schweigen. Lutek schaute ihn prüfend an und fragte sich, was dies wohl für Gründe sein könnten. Schließlich sagte er, mehr zu sich selber als zu Tadeusz: »Das war wohl voreilig von mir.«

»Was meinst du damit?« wollte Tadeusz wissen.

»Mein Kommandant war nicht sehr glücklich darüber, daß ich da mitmische. Wir sind im Moment eigentlich zu schwach für solche Aktionen. Also mußte ich ihn überreden. Ich sagte ihm, es wäre im Interesse der Abteilung, daß du uns helfen könntest, einen Fuß in die Stadt zu bekommen. Jetzt stehst du da und erklärst, es ginge nicht. In was für eine Lage bringt mich das?« Es lag ein eindeutiger Unterton des Vorwurfs in seiner Stimme, und auch in seinem Blick. Dann drehte er sich um und ging.

Tadeusz lief ihm nach und packte ihn am Arm. »Du machst doch keinen Rückzieher, oder?« fragte er.

»Ich sollte, tue es aber nicht.«

Sie gingen schweigend nebeneinander her, an dem Bauernhof vorbei, ohne sichtbares Ziel. »Ich respektiere das«, sagte Tadeusz schließlich, und es klang halb wie eine

Entschuldigung. »Eines Tages werde ich es dir erklären, und dann wirst du meine Gründe verstehen.«

»Eines Tages wird der Krieg vorüber sein, und dann gibt es keinen Bedarf mehr an Erklärungen und Begründungen. Ich beschäftige mich mit dem Jetzt. Natürlich, da ist dieses jüdische Kind. Aber da ist auch das Zimmer bei Frau Czymanowsky, und da sind die fünfhundert Zloty, die, wie du sagst, der Vater bezahlen wird. Damit kann man einige Handgranaten kaufen. Mit guten Papieren werde ich die Möglichkeit haben, mich in der Stadt umzuschauen und auszukundschaften, welche Chancen wir haben, wenn wir uns hier in der Gegend festsetzen. Dies sind meine Gründe, das alles nicht abzublasen. Und dann gibt es noch einen anderen Grund – der bist du.«

»Ich?« Tadeusz schaute ihn überrascht an.

»Ja. Ich gehe nicht davon aus, daß deine Gründe, wie immer sie auch sein mögen, das letzte Wort in dieser Angelegenheit sind. Ich hoffe darauf, daß du deine Meinung noch ändern wirst.«

Die Vorstellung, sowohl für die Heimwehr als auch für die Volksgarde zu arbeiten, schien Tadeusz undenkbar. Aber er wollte Luteks Gefühle nicht verletzen, und seine Antwort blieb deswegen absichtsvoll vage: »Also besteht noch Hoffnung für mich.« Und gleich fügte er eine viel drängendere Frage an: »Wann kannst du bei Frau Czymanowsky einziehen?«

»Ich bin schon bereit.«

»Das geht ein wenig zu schnell. Du hast noch keine Papiere.«

»Sie erwartet doch einen Untermieter, nicht?«

»Ja, aber sie erwartet einen Untermieter, der morgens zur Arbeit geht. Einen Bauarbeiter. Wenn du in der Wohnung rumsitzt, während du eigentlich arbeiten solltest, weckt das nur Mißtrauen.«

»Wie schnell kannst du die Papiere haben?«

»Morgen, hoffe ich. Ich werde in der Mittagspause daran arbeiten, wenn einige meiner Kollegen weg sind. Aber man kann nie sicher sein ... es kann immer etwas geben, das aufhält.«

»Was schlägst du also vor?«

»Nina kommt mit uns mit und wartet bei uns zu Hause, bis ich ihr die Papiere bringe. Dann wird sie den ersten Bus raus auf den Hof nehmen, und ihr könntet beide mit dem Bus um sieben in die Stadt kommen. In der Zwischenzeit gehe ich bei Frau Czymanowsky vorbei und sage ihr, daß sie dich erwarten soll.«

»Du hast an jede Kleinigkeit gedacht.«

Tadeusz nickte lächelnd. »Während du fort warst, hatte ich Zeit zum Nachdenken. Ich habe auch schon mit Nina darüber gesprochen. Ich hatte es im Gefühl, daß der Kommandant ›ja‹ sagen wird.«

»Und da sagst du, daß du Gründe hast, nicht in der Widerstandsbewegung mitzumachen.«

»Lutek, du versuchst schon wieder, mich zu werben.« Tadeusz schaute auf seine Uhr. »In einer halben Stunde fährt unser Bus. Gehen wir.«

14

Während Herschel darauf wartete, daß Tadeusz Kontakt zu ihm aufnahm, tat er, was er konnte, um die Sache vorzubereiten. Er besorgte ein Faß, das dem im Krankenhaus in Größe und Farbe glich. Er hob den kleinen David vorsichtig hinein und wartete, was passieren würde. Der Junge schaute zu ihm auf und verzog das Gesicht, als würde er gleich anfangen zu weinen. Herschel holte ihn aus dem Faß, tröstete ihn und steckte ihn nach wenigen Minuten wieder hinein. Dann war Lena an der Reihe, dasselbe Spiel zu wiederholen. Nach einer Weile gewöhnte sich das Kind daran und stand ohne Furcht in dem Faß. Das Faß wurde eine Art senkrecht stehende Wiege, die er zwar nicht besonders mochte, aber ohne zu protestieren hinnahm.

An einem Dienstagmorgen entdeckte Herschel, als er Wasser holte, ein neues Gesicht an der Pumpe, einen jungen Mann, den er noch nie zuvor gesehen hatte. War das sein Mann? fragte er sich. Er bemerkte, wie der Fremde die Reihe der wartenden Juden prüfend betrachtete, als suche er nach jemand bestimmtem. Als Herschel neben ihm stand, hätte er ihn am liebsten gefragt: ›Könnte es sein, daß Sie nach mir suchen?‹ Aber natürlich tat er das nicht. Bevor er auch nur ein Wort mit dem Fremden sprechen würde, müßte Tadeusz ihn auf irgendeine Weise vorstellen oder genaue Anweisungen geben, wie Herschel sich zu erkennen geben sollte. Als er in das Krankenhaus zurückkehrte, sagte Herschel zu Lena: »Ich glaube, der Mann, auf den wir warten, ist da.«

»Hast du mit ihm gesprochen?«

»Nein.« Herschel wirkte durch das Zusammentreffen fast wie betäubt.

»Ich hatte so ein Gefühl... Ich habe ihn nie zuvor an der Pumpe gesehen. Außerdem sah ich, wie er das Faß nur halb füllte und es dann in das erste Haus rollte. Der einzige andere Mann, der manchmal mit einem Faß aus diesem Haus kommt, ist viel älter. Irgend etwas sagte mir, daß ich bald von Tadeusz hören werde, vielleicht schon heute.« Er legte den Arm um Lena und drückte sie fest an sich. Sie hatte Tränen in den Augen, er auch.

Es war nicht am nächsten, aber am übernächsten Tag, einem Mittwoch, als Tadeusz nach der Mittagspause auf dem Eisenbahnhof erschien. Der Aufseher kam zu Herschel auf die Laderampe gerannt und befahl: »Nimm dein Werkzeug und geh mit Herrn Bielowski. Er braucht dich.«

Herschel erwartete, daß Tadeusz alleine wäre. Zu seiner Überraschung führte Tadeusz ihn zu seinem Wagen, in dem der Fahrer saß und wartete. »Wir fahren zu der Kaserne, Gustav«, sagte Tadeusz und setzte sich auf die Rückbank, während Herschel neben dem Fahrer sitzen mußte. Während der drei Kilometer langen Fahrt wurde kein Wort gesprochen. In der Kaserne angekommen, meinte

Tadeusz zum Fahrer: »Ich will nicht, daß der Wagen hier sinnlos rumsteht. Ich werde einige Zeit brauchen, um die Installationen zu überprüfen. Kommen Sie in etwa anderthalb Stunden wieder. Spätestens in zwei.«

Die meisten Soldaten waren auf Wachtposten oder mit irgendwelchen anderen Aufträgen unterwegs. Die wenigen, die sich in der Kaserne herumdrückten, waren entweder krank oder hatten frei. Tadeusz und Herschel gingen herum und taten so, als würden sie die elektrischen Anlagen überprüfen. In einer leeren Baracke waren sie endlich alleine. Herschel breitete seine Werkzeuge auf dem Boden aus, und sie hockten sich beide hin. »Wir haben einen ›Untermieter‹«, flüsterte Tadeusz. »Er ist schon eingezogen.«

»Ich glaube, ich weiß, wer es ist. Ich habe ihn an der Pumpe gesehen.«

»Und ich glaube, er hat dich auch gesehen. Du hast andauernd auf das Faß geschaut.«

»War ich so auffällig?« Herschel schüttelte den Kopf, ärgerlich mit sich selber.

»Es ist schon in Ordnung. Er hat das gleiche gemacht. Er meint, die beiden Fässer sähen sehr ähnlich aus.«

»Das war auch mein Eindruck.«

»Dann soll dies das Kennwort sein. Morgen, an der Pumpe, wird er als erster reden. Er wird zu dir sagen: ›Unsere Fässer ähneln sich sehr.‹ Und was wirst du antworten?«

»Ich werde sagen: ›Das stimmt, Herr.‹«

»Gut. Das ist also das Kennwort. Von da an seid ihr auf euch allein gestellt.«

»Triffst du ihn heute?«

»Nein, ich habe ihn gestern gesehen und werde ihn wohl erst wiedersehen, wenn alles vorüber ist.«

»Und wie erfährt er das Kennwort?«

»Ich teile es ihm durch seine Freundin mit, die als Zwischenträgerin fungiert. Sie ist die Cousine meiner Frau. Sie wohnt die nächsten paar Tage bei uns.«

»Dann ist sie nicht von hier.«

»Nein. Und er auch nicht. Übrigens, ich habe ihm fünfhundert Zloty versprochen.«

Herschel griff nach der falschen Lötlampe, drehte sie auf und zog ein Bündel fest zusammengepreßter Geldscheine hervor. »Seit fast einer Woche habe ich sie mit mir rumgetragen, damit sie dasind, wenn ich sie brauche«, sagte er und gab Tadeusz das Geld.

»Das sind mehr als fünfhundert.«

»Tausendfünfhundert. Meine Ersparnisse. Bitte nimm das alles. Wir haben immer noch einige Wertsachen, die wir verkaufen können.«

»Gut, wenn du dich so wohler fühlst. Ich hebe den Rest für euch auf.«

»Werde ich dich wiedersehen?« fragte Herschel.

»Klüger wäre es, sich nicht zu treffen. Zumindest für die nächste Zeit. Wenn irgend etwas passiert, ich meine etwas, von dem ich erfahren sollte, schicke eine Botschaft durch den Mann an der Pumpe, den Untermieter. Du kannst ihm voll und ganz vertrauen.«

Tadeusz sagte den Namen des Untermieters nicht von sich aus, und Herschel fragte auch nicht. Vor allem war er beeindruckt von Tadeusz' Vorsicht. Für die Sicherheit seines Sohnes war dies ein gutes Vorzeichen. »Wie werden wir erfahren, daß alles gutgegangen ist, daß das Kind sicher bei euch im Haus angekommen ist?« fragte Herschel.

Tadeusz überlegte einen Moment. »Bekommst du den ›Kurier‹ zu Gesicht?«

»Ja, der Streckenwärter kauft ihn für mich im Bahnhof.«

»Gut. Achte auf die Anzeigen mit den Findelkindern. So wirst du es erfahren. Bis dahin mußt du von dem Grundsatz ausgehen, daß keine Nachricht eine gute Nachricht ist.« Er schaute auf seine Uhr. »Der Fahrer wird gleich zurück sein. Du solltest besser dein Werkzeug zusammenhaben.«

Sie standen in der Kaserne und schauten aus dem Fenster, keiner sagte etwas. Nach einem tiefen Seufzer meinte Herschel dann: »Das könnte das letzte Mal sein, daß wir uns sehen.«

»Zum letzten Mal für jetzt... für die Dauer des Krieges vielleicht... ja.« Tadeusz bemerkte den traurigen, verschleierten Ausdruck in Herschels Augen und legte den Arm um ihn. »Wir werden für euren Sohn sorgen, als wäre er unser eigenes Kind. Das verspreche ich dir.«

Herschel schaute ihn an, und in seinem Blick lag mehr, als Worte sagen können. Dann griff er nach Tadeusz' Hand und drückte sie fest.

»Habt ihr jemals an Flucht gedacht?« fragte Tadeusz.

»Mit einem kleinen Kind?«

»Also, jetzt seid ihr frei.«

»Es ist nicht so einfach. Du brauchst Papiere, eine Adresse...«

»Und was ist mit den Wäldern? Dort braucht man keine Papiere.«

»Für die Wälder braucht man Waffen. Und ich habe dir erzählt, was aus der einen Pistole wurde, als wir versuchten, die Flucht in die Wälder zu organisieren.«

»Ja«, Tadeusz seufzte, »daran erinnere ich mich.« Die Erinnerung war ihm peinlich, und er spürte seine Scham. Nach längerem Schweigen fügte er hinzu: »Wenn ihr es wieder versucht, Herschel, geht nach Osten statt nach Westen.«

»In die andere Richtung?«

»Ja. Etwa eine Stunde Busfahrt, da gibt es einen großen Wald, in dem auch Partisanen sind.«

»Heimwehr?« fragte Herschel zögernd.

Tadeusz schüttelte den Kopf. »Dort werdet ihr willkommen sein.«

Sie hörten das kurze Signal der Autohupe. »Er ist da.« Tadeusz breitete seine Arme aus. Die beiden umarmten sich, als wollten sie sich niemals loslassen. »Alles, alles Gute für euch, Herschel.«

»Ich danke dir, mein Freund.«

15

An der Pumpe ging alles wie gewünscht. Schon an dem Tag, als Herschel und Lutek ihr Kennwort an der Pumpe tauschten, tauschten sie auch die Fässer. Damit konnten sie sich selber beweisen, daß die Fässer einander tatsächlich glichen. »Meine Vermieterin hat nichts gemerkt«, flüsterte Lutek am nächsten Morgen Herschel triumphierend zu.

Und sie schafften es, nicht nur die Fässer, sondern auch Informationen auszutauschen. Aus einzelnen Wörtern, halben Sätzen, einem Zwinkern, Nicken oder Schulterzucken schufen sie eine Sprache, in der sie sich verständigten. Bald ging es in diesen kurzen Begegnungen nicht nur um die Rettung des Jungen alleine, und Herschel konnte seiner Gruppe im Typhusraum mitteilen, »daß wir jetzt einen vertrauenswürdigen Kontakt zum polnischen Widerstand haben. Dieses Mal sind die aus den Wäldern zu uns gekommen und haben uns mitgeteilt, daß wir dort willkommen sind.«

Jemand fragte dann: »Und was ist mit Waffen? . . . Man kann nicht mit leeren Händen zu den Partisanen gehen.«

»Ich habe die gleiche Frage gestellt, und die Antwort

war: ›Wie du weißt, sind Fässer nicht nur für Wasser gemacht.‹«

Und so wurde eine zerstörte Hoffnung wiederbelebt.

Sie hatten es so miteinander abgestimmt, daß sie immer zur gleichen Zeit bei der Pumpe waren und keiner auf den anderen warten mußte. Wenn Lutek aus dem Hausflur trat und sein leeres Faß vor sich herrollte, kam Herschel mit dem seinen auf der Schulter durch das Tor. Sie hatten gelernt, die Fässer so leicht und geschickt miteinander zu vertauschen, daß dieses Manöver keinem der Leute um sie herum auffiel. Und in ihrem Zimmer im Krankenhaus hatten Lena und Herschel mit Geduld und Freude an kleinen Spielen aus einem Objekt der Furcht ein außergewöhnliches Spielzeug gemacht. Der kleine David freute sich jetzt richtig darauf, in dem Faß stehend durch das Zimmer gerollt zu werden, während seine Eltern dazu sangen und in die Hände klatschten.

Eine Woche nachdem sie das erste Kennwort ausgetauscht hatten, waren sowohl Herschel wie auch Lutek davon überzeugt, daß die Zeit des Einübens vorüber sei. Jetzt war es soweit, zum letzten Mal sollten die Fässer getauscht werden.

»Also morgen«, hatte Herschel geflüstert und ein festes unmißverständliches Ja als Antwort erwartet.

»Übermorgen. Morgen machen wir noch einen Versuch.«

»Was für einen Versuch?« fragte Herschel verwirrt.

»Komm nicht mit leerem Faß«, erklärte Lutek. »Tu irgendwas rein.«

Herschel nickte und akzeptierte rasch den Vorschlag. Er war sehr erleichtert. Lutek hatte ihm einen Tag Aufschub für etwas gegeben, auf das er sich zwar schrecklich freute, vor dem er aber auch fürchterliche Angst hatte.

Als sie ihr Zimmer nach etwas durchsucht hatten, auf das sie verzichten konnten und das für die Probeübergabe geeignet war, entschieden sie sich für einen alten, leeren Leinensack, den Lena irgendwann einmal aus der Krankenhausküche mitgebracht hatte. Er war das einzige, was sie entbehren konnten. Während sich Herschel dem Tor näherte, merkte er, wie er sich selber beobachtete und eine wachsende Anspannung spürte. Er schaute sich prüfend um. Er mußte sich klarmachen, daß David in seinem Zimmer lag und schlief, daß er nur einen Leinensack in dem Faß trug. Wieder war er Lutek dankbar, weil er noch einen Probelauf vorgeschlagen hatte. Herschel mußte jetzt erkennen, daß Ruhe und Ausgeglichenheit schon vor der Pumpe notwendig waren.

Vor dem Tor blieb er stehen und ließ die Augen nicht von dem Haus gegenüber. Jetzt sollte Lutek gerade aus der Tür kommen. Statt dessen erschien eine Frau mit einem Eimer und ging geradewegs auf die Pumpe zu. Offensichtlich hatte Lutek verschlafen, dachte Herschel und fand es eine Ironie, daß er sich dafür gerade den Tag der Generalprobe ausgesucht hatte.

Der jüdische Polizist, der zum Widerstand gehörte, hatte auch seine Rolle bei dem Probelauf. Er sollte beobachten, was an der Pumpe los war, und im entscheidenden Moment dem Wachsoldaten eine Zigarette anbieten und sie ihm anzünden. Damit würde er ihm den Blick versperren. Er entdeckte Herschel, der im Tor stand, und warf ihm einen fragenden Blick zu. Herschel antwortete mit einem kurzen Schulterzucken, das zeigte, wie sehr ihm Luteks Abwesenheit Sorgen machte.

Die Besorgnis wuchs, als fünfzehn Minuten vergangen waren und es immer noch kein Zeichen von Lutek gab. Herschel konnte sich hier nicht länger herumdrücken, sonst verpaßte er seine Arbeitsbrigade am Haupttor. Er zog den Leinensack aus dem Faß und warf ihn zu Boden, obwohl er wußte, daß er verschwunden sein würde, sobald er ihm den Rücken zukehrte, lief rasch durch das Tor, füllte sein Faß und rollte es zurück in das Krankenhaus. Dabei waren seine Augen die ganze Zeit auf das Haus gerichtet, aus dem Lutek hätte kommen sollen.

»Etwas ging schief, Herschel«, sagte Lena, als er in das Zimmer kam. »Ich sehe das an deinem Gesicht.«

»Er ist nicht aufgetaucht.«

»Was meinst du, was ist passiert?«

»Weiß ich das?«

»Kann es sein, daß er verschlafen hat?«

»Kann sein. Wenn es nur das ist, gibt es keinen Grund, sich Sorgen zu machen.«

»Was könnte sonst sein?«

»Mir wird schlecht, wenn ich daran denke, was es sonst sein könnte. Zum Beispiel könnte er verhaftet worden sein. Wäre das nicht schlimm genug? Bevor wir uns aber das Schlimmste vorstellen, sollten wir abwarten, was der Tag uns bringen wird. Wenn etwas Übles passiert ist, wird Tadeusz davon wissen. Sie hatten durch einen Mittler Kontakt miteinander. Und wenn es etwas gibt, vor dem wir gewarnt werden müßten, wird Tadeusz einen Weg finden, uns zu informieren. Er ist ein verantwortungsbewußter Mensch.« Er sah den verzweifelten Ausdruck in ihrem Gesicht und fügte hinzu: »Andererseits kannst du auch recht haben. Gut möglich, daß er verschlafen hat, morgen auftauchen und sich entschuldigen wird.«

»Das hoffe ich. Aber bis morgen wird der Tag so lange wie ein Jahr sein.«

Die Tasse schwarzen Kaffee-Ersatz, die sie ihm vorgesetzt hatte, schüttete er hinunter und stopfte sich den Kanten Brot in die Tasche. »Das esse ich später«, sagte er. »Es ist spät.« Er blieb einen Moment vor dem Bett stehen und beugte sich über das schlafende Kind, dann küßte er Lena und ging.

Tadeusz erschien den ganzen Tag über nicht auf dem Eisenbahnhof. Am Abend waren Lena und Herschel so klug wie am Morgen. Weshalb Lutek nicht an der Pumpe erschienen war, blieb ihnen unbekannt. Obwohl ihre Gedanken voller düsterer Ahnungen waren, behielt jeder sie für sich, und sie klammerten sich an die einzige Hoffnung, die ihnen geblieben war: Lutek mußte verschlafen haben. Was nur allzu menschlich war. Das war möglich. Und war dies nicht der Grund, weshalb Tadeusz nicht bei Herschel erschienen war? Er hatte ihm nichts mitzuteilen. So einfach war das!

Nach dem Abendessen begannen sie ihre abendliche Routine. Sie steckten David in das Faß und rollten ihn durch das Zimmer. Die freudigen Jauchzer des Kindes ließen sie für kurze Zeit ihre Sorgen vergessen. Nachdem aber das Spiel vorbei war, und sie David ins Bett gebracht hatten, verfielen sie in hoffnungsloses Schweigen, hatten das Gefühl, bei einer sinnlosen Übung mitgemacht zu haben, bei der sie ihr Kind und sich selber zum Narren gehalten hatten. Herschel griff nach Lenas Hand. »Erinnere dich an meine Worte«, sagte er und versuchte, so überzeugend wie möglich zu klingen, »morgen wird er vor mir an der Pumpe sein. Er wird belämmert gucken und sich entschuldigen, weil er verschlafen hat. Komm, wir gehen ins Bett.«

»Du weißt sogar, wie er aussehen wird. Soll er nicht belämmert gucken, soll er sich nicht entschuldigen. Er soll einfach nur dasein.«

»Gut. Ich mache dieses Zugeständnis. Er wird nicht belämmert gucken und sich nicht entschuldigen. Er wird einfach nur dasein. Zufrieden?«

»Ja.«

Er hatte es geschafft, ein Lächeln auf ihr müdes Gesicht zu zwingen. Ein winziger Triumph.

Am nächsten Morgen kam Lutek nicht zur Pumpe, aber Tadeusz erschien auch nicht im Eisenbahnhof. Sie mußten die einzige Hoffnung aufgeben, an die sie sich geklammert hatten. Es war unwahrscheinlich, daß ein Mann mit Luteks Verantwortungsbewußtsein, ein Kämpfer des Widerstands, zweimal hintereinander verschlafen hatte. Eindeutig, daß etwas passiert sein mußte, und da sie nicht wußten, was es war, mußten sie das Schlimmste annehmen, daß Lutek verhaftet worden war. Und wenn dies der Fall war, könnten die Folgen nicht nur für ihren Sohn, sondern auch für ihre Widerstandsgruppe sehr ernst sein. Lutek wußte von ihrer Existenz. Niemand konnte vorhersagen, wie sich jemand unter dem Druck der Gestapo-Folter verhielt.

Lena holte Dr. Weiss in ihr Zimmer, und er wurde über ihre Situation informiert. »Ja, es sieht nicht gut aus«, sagte er und nickte besorgt. »Natürlich ist es möglich, daß der Mann jenseits der Straße immer noch in seinem Bett liegt, sich wegen eines hohen Fiebers nicht rühren kann, oder wegen einem gebrochenen Bein oder so etwas. Vielleicht hat er auch die Nachricht bekommen, daß seine Mutter im Sterben liegt, und ist nach Hause an ihr Lager geeilt. Das sind alles ernsthafte Möglichkeiten. Trotzdem habt ihr recht, wir müssen mit dem Schlimmsten rechnen und uns entsprechend verhalten. Offen gesagt, ich weiß nicht, ob wir in der Lage sind, überhaupt etwas zu tun, aber laßt uns gemeinsam nachdenken. Vielleicht fällt einem etwas ein.«

An diesem Abend versammelte sich die ganze Gruppe in dem Typhusraum. Die erste Reaktion auf Herschels Bericht war fassungsloses Schweigen. Seine früheren Berichte über die täglichen Treffen mit Lutek hatten in ihnen den berechtigten Glauben genährt, daß sie endlich einen verläßlichen Kontakt zum polnischen Widerstand gefunden hatten, einen, der ihnen sogar Waffen verschaffen konnte. Über Nacht schien dieser Glaube sich in eine Bedrohung verwandelt zu haben. Doch nach dem ersten Schock kam eine nüchterne Einschätzung ihrer Situation.

»Es stimmt«, sagte Dr. Weiss, »unsere Hilflosigkeit steht außer Frage, nicht aber unsere Hoffnungslosigkeit. Es liegt in der Natur der Menschen, daß sie, wenn sie angegriffen werden, sich entweder verteidigen oder fliehen. Wir können weder das eine noch das andere. Wir haben keine

Waffen zum Kämpfen, und wir können nicht davonlaufen. In diesem Sinne sind wir wirklich hilflos. Dennoch darf das kein Grund dafür sein, daß die Deutschen uns die einzige Waffe rauben, die wir noch haben – die Hoffnung.«

Ein anderer Mann ergriff das Wort: »Es kann andere Gründe geben, weshalb dieser gute Mann plötzlich verschwand. Vielleicht entkam er einer Verhaftung. Er ist Pole, er kann tun, was wir nicht können. Und selbst wenn er verhaftet wurde, heißt es doch nicht, daß er geredet hat. Viele Untergrundkämpfer bleiben stumm bis zum letzten Atemzug, trotz der deutschen Folter. Also sollten wir nicht verzweifeln. Auf jeden Fall <u>noch</u> nicht.«

Da ihnen nichts anderes übrigblieb, als über ihr eigenes Schicksal Vermutungen anzustellen, wandten sie ihre Aufmerksamkeit dem kleinen David zu. Was, wenn die Deutschen von seiner Existenz erfahren hatten und verlangten, daß er ihnen ausgehändigt würde? War der Typhusraum ein noch sicherer Ort als das Zimmer, in dem er jetzt war? Wieder konnten sie nur vermuten. Sie wußten, im Ghetto gab es für niemanden einen sicheren Ort, für ein kleines Kind schon gar nicht. Sollte Lutek sich nicht in den beiden nächsten Tagen melden, so beschlossen sie, würden sie sich wieder treffen, um zu besprechen, wie die gesamte Gruppe ihre gemeinsamen Kräfte nutzen sollte, um einen Weg zu finden, das Kind aus dem Ghetto zu schmuggeln.

Am nächsten Morgen war Lutek wieder nicht an der Pumpe. Aber am vierten Tag erschien er zur üblichen Zeit. »Tut mir leid, daß ich euch Sorgen gemacht habe«, konnte er Herschel zuflüstern, »Aber ich hatte außerhalb zu tun. Dringende Geschäfte«, fügte er augenzwinkernd hinzu.

»Erfolgreich?«

»Ja.« Er steckte sich eine Zigarette in den Mund und bot auch Herschel eine an. Sie begannen, mit den Streichhölzern zu hantieren, und hatten dabei – natürlich – ihre Schwierigkeiten. Diesen Trick hatten sie schon verschiedentlich benutzt. Er machte es möglich, zur Seite zu gehen und die Köpfe zusammenzustecken, ohne unnötig Verdacht zu erregen. Während sie immer wieder ›versuchte‹, die Streichhölzer anzuzünden, und auf ihre schlechte Qualität fluchten, brachten sie eine knappe, geflüsterte Unterhaltung zustande. »Ein Spitzel«, erzählte Lutek. »Haben ihn monatelang gejagt.«

»Hier in der Straße?«

»Auf dem Platz... saß in einem Auto... ein Chauffeur.«

»Vor der Stadtverwaltung?«

»Woher weißt du das?«

Herschel war zu erschüttert, um zu antworten. Er wurde bleich, und seine Hände zitterten.

»Mach dir keine Sorgen«, sagte Lutek. »Er wird niemanden mehr bespitzeln.«

»Und Tadeusz?«

»In Sicherheit... Schickt dir diese Nachricht: ›Kein Wackelkontakt mehr... Lampen arbeiten gut...‹ Er meinte, du würdest das verstehen.«

Herschel nickte lächelnd. Sein Gesicht nahm wieder die normale Farbe an. Die Hände hörten auf zu zittern.

»Alles bereit für morgen?« fragte Lutek.

»Probelauf?«

»Keine Zeit. Das richtige Ding.«

»Ich bin bereit, wenn du es bist.«

»Ich bin.« Wie um es zu beweisen, tauschte er sofort die Fässer, als wäre in den letzten Tagen nichts gewesen.

Am nächsten Morgen kam Dr. Weiss etwa fünfzehn Minuten, bevor David aus dem Bett in das Faß gebracht werden sollte, in ihr Zimmer. In seiner Hand trug er etwas Stoff, der mit Chloroform getränkt war. Er hielt ihn in mehreren kurzen Abständen immer wieder vor die Nasenlöcher des Kindes und gab ihn dann Lena, die ihn wegwarf. »Ich habe ihm eine schwache Dosis gegeben«, erklärte der Arzt. »Nur, um ihn ruhig zu halten, die nächste Stunde in etwa.«

»Er hat noch nie den Himmel gesehen«, sagte Lena wie zu sich selber, während ihr Blick auf David geheftet war.

»Er wird noch Zeit genug haben, sich mit dem Himmel zu beschäftigen«, bemerkte Herschel. »Wollen wir hoffen, daß er ihn nicht auf dieser Reise sieht.«

»Darüber brauchst du dir keine Sorgen zu machen«, beruhigte ihn Dr. Weiss, »es müßte einen Donnerschlag geben, um ihn aufzuwecken, bevor sich das Zeug verflüchtigt.«

»Hätten Sie doch mich in den Schlaf geschickt, Doktor«, sagte Lena. »ich weiß nicht, wie ich die nächste halbe Stunde überleben soll.«

»Wenn du bis jetzt überlebt hast, wirst du auch die nächste halbe Stunde überleben. Komm mit mir und mache dich in der Station nützlich. Bleib nicht alleine im Zimmer.«

»Gut, Lena. Es ist Zeit«, sagte Herschel in drängendem Ton.

Lena hob das Kind aus dem Bett und senkte es sanft in das Faß. »Auf Wiedersehen, mein Schatz«, flüsterte sie ihrem schlafenden Sohn zu. »Vergiß nicht, wir werden dich immer liebhaben. Nach dem Krieg kommen wir dich holen.« Dann wandte sie sich plötzlich ab, bedeckte ihr Gesicht mit den Händen und begann zu schluchzen.

Herschel hievte das Faß auf seine Schulter und ging zur Tür. »Alles Gute«, flüsterte der Arzt. Lena drehte sich nicht um.

Eine Kälte lag in der Luft des frühen Morgens, daß einem die Luft wegblieb. Die Sonne stand hoch, der Himmel war leuchtend blau. Herschel hielt sich nah am Zaun, grüßte Bekannte, die in der Schlange standen, durch ein Kopfnicken. Weiter entfernt entdeckte er seinen Freund, den jüdischen Polizisten, der neben dem deutschen Wachsoldaten stand. Ein beruhigender Anblick. Während er näher an das Tor kam, verlangsamte er seine Schritte und beobachtete fortwährend das Haus auf der anderen Seite der Straße. Er bemerkte, wie sein Herz schneller schlug und die Spannung in ihm anschwoll, und zwang sich zur Ruhe. Er zwang sich. Aber wer ließ sich zwingen? Nicht sein Herz und nicht sein Gefühl. Er spürte in sich den Wunsch, den Beinen das Gehen zu verbieten. Die aber trugen ihn vorwärts, als hätten sie die Sache übernommen und gingen aus eigenem Antrieb. Wie froh er war, daß sie den Weg wußten. Denn dort war Lutek, der mit dem Faß auf der Schulter aus dem Hausflur trat.

Er war gerade auf halbem Weg zwischen dem Tor und

der Pumpe, als er den deutschen Wachsoldaten brüllen hörte. »*Halt! Halt!*« Galt ihm dieser Befehl? Was sollte er jetzt tun? Wohin konnte er rennen? »*Halt! Halt!*« Der Ruf wurde wiederholt. Alle Köpfe wandten sich dem Tor zu. Alle Bewegungen waren zum Stillstand gekommen. Nur Lutek ging beharrlich weiter, das Faß oben auf der Schulter, als sei nichts geschehen. Und wenn Lutek nicht stehenblieb, dann würde auch er, Herschel, nicht stehenbleiben. Gebrüll oder nicht. Lutek war Davids einzige Rettung, und er mußte jetzt bei ihm sein, jetzt, wo jede Sekunde zählte. Soll der Deutsche kommen. Er würde ihn mit seinen Armen umschlingen wie mit einem stählernen Ring und festhalten, bis Lutek sich das Faß mit dem Kind geschnappt hatte und davongerannt war. Mit ihm selber konnten sie machen, was sie wollten, aber David würden sie nicht bekommen. Diesen Entschluß gefaßt, fühlte Herschel sich stark wie ein Löwe. Während alle anderen stehenblieben, gingen Lutek und Herschel in Richtung ihres üblichen Treffpunkts an der Pumpe aufeinander zu.

Sie hatten gerade ihre Fässer abgestellt, als ein Gewehrschuß wie ein Donnerschlag die Luft durchschnitt. Ein hörbares Stöhnen kam von jenen, die an der Pumpe versammelt waren, ihre Augen waren starr auf das Tor gerichtet. David war hellwach, sein Gesicht vor Angst verzerrt; jeden Augenblick konnte er anfangen zu heulen. Lutek griff nach dem Faß mit dem Kind und hob es auf seine Schulter. Niemand außer Herschel sah, wie er sich mit raschem, entschlossenem Schritt von der Pumpe entfernte und im Eingang des Hauses auf der anderen Seite verschwand.

Herschel ging zu einem der Juden, die an der Pumpe standen. »Was ist passiert?« fragte er leise.

»Der Soldat hat einen Jungen erschossen.«

»Einen Jungen erschossen...«, murmelte Herschel wie in Trance.

»Selbst ein Gehörloser hätte das hören müssen«, sagte der Mann ärgerlich. »Da, sie bringen ihn zurück. Sehen Sie doch!«

Ja, er sah ihn. Es war sein Freund, der Polizist, der den leblosen Körper des Jungen zurück zum Tor trug. Immer noch war er einen Häuserblock weit entfernt. So weit war der Junge gerannt! Noch eine Sekunde mehr, und er hätte es geschafft. Aber warum hatte der Junge dieses Tor gewählt? Die Kinder, die auf die arische Seite rannten, um nach Essen zu betteln, benutzten normalerweise das Haupttor, wo viel mehr Gedränge war, und wo es leichter war, an den Wachen vorbeizuschlüpfen. Von allen Tagen hatte der Junge gerade diesen ausgewählt! Ein religiöser Jude hätte darin eine höhere Bedeutung gesehen, für Herschel war es Zufall. Nichts als blinder Zufall.

Wie leicht hätte es anders ausgehen können. Hätte der Junge nur eine Minute gezögert, bevor er den Sprung in die Freiheit wagte, hätte der kleine David ihm das Leben retten können. Dann nämlich hätte der Polizist, wie abgesprochen, dem Soldaten eine Zigarette angeboten und sie ihm angezündet. So wäre die Flucht des Jungen dem Soldaten entgangen.

Als Herschel ins Krankenhaus zurückkam und Lena beschrieb, was geschehen war, brach sie in Tränen aus. Sie weinte aus Freude, weil ihr Sohn es geschafft hatte, und sie weinte vor Schmerz, weil ein anderer Sohn es nicht geschafft hatte.

Zwei Tage später, und dann noch zweimal, erschien die folgende Anzeige im ›Kurier‹: Am Morgen des 12. Mai 1942 wurde ein männliches Kleinkind im Hauseingang von Herrn und Frau Tadeusz Bielowski in der Pienkna Straße 242 gefunden. Die leiblichen Eltern werden aufgefordert, ihr Kind bei dieser Adresse abzuholen.

Nachwort

»Es waren noch nicht viele Leute auf der Straße, als ich mit meinem Kind herauskam. Ich hielt ihre kleine Hand fest in meiner. Die widersprüchlichsten Gefühle überwältigten mich. Ein Gedanke schoß mir durch den Kopf: Dies könnte zum letzten Mal sein, daß ich mit meiner kleinen Tochter irgendwohin gehe. Eine Stimme antwortete: Aber du führst sie zum Leben! Wenn du es nicht schaffst zu überleben, dann hast du doch ein gutes Stück deines Lebens gelebt. Du hattest wunderschöne und glückliche Jahre. Wenn deine Zeit gekommen ist, wirst du mit dem tröstenden Gefühl sterben, daß du dein Kind gerettet hast. Zumindest hast du alles nur Mögliche getan, um sie zu retten. Sie muß leben. Sie hat das Leben noch nicht kennengelernt. Nur weil sie als jüdisches Kind geboren ist, wurde festgelegt, daß sie verschwinden muß. Deshalb, trotz dieser schlechten Welt, trotz der *Neuen Weltordnung*, muß sie am Leben bleiben!«

So erinnerte sich ein Vater an den emotionsgeladenen Moment, als er seine acht Jahre alte Tochter Margaret zu einem Tor des Warschauer Ghettos führte, wo die vorher bestochenen Wachen wegschauen würden, während sie zur arischen Seite hinüberlief. Dem Kind war ein neuer, polnisch klingender Name gegeben worden und die Anschrift einer polnischen »Tante«, bei der sie bleiben sollte. Sie wußte, daß sie ihre jüdische Identität weder durch Worte noch durch Handlungen verraten durfte, sobald sie auf der anderen Seite des Tores war.

Das kleine Mädchen war eines der wenigen Kinder, die Glück hatten, deren Eltern es mit Hilfe von mutigen und engagierten Polen geschafft hatten, eine Familie zu finden, die ihr Kind aufnehmen würde. Diese Eltern mußten auch in der Lage sein, die nötigen Mittel für die Unterbringung und den Lebensunterhalt aufzubringen. Die meisten Eltern in diesem und anderen Ghettos hatten weder die notwendigen Verbindungen noch die enormen Summen zur Verfügung, die gebraucht wurden, um eine Unterkunft für ein jüdisches Kind zu kaufen. Emmanuel Ringelblum, der Chronist des Warschauer Ghettos, berichtet, daß der Preis dafür etwa 100 Zloty pro Tag war. Außerdem mußte für ein halbes Jahr im voraus bezahlt werden, weil es ja sein könnte, daß die Eltern in der Zwischenzeit deportiert würden. Um ein Kind auf die arische Seite zu bringen, waren Zehntausende von Zlotys nötig. Mittellose Eltern mußten mit blutenden Herzen zusehen, wie ihre Kinder die ersten Opfer der zahllosen Selektionen und Deportationen wurden.

Einige Polen entwickelten Beziehungen zu den jüdischen Kindern, die sie aufgenommen hatten, und adoptierten sie, nachdem sie erfahren hatten, daß die Eltern verschwunden waren. Andere aber schickten die Kinder, wenn die Zahlungen aufhörten, auf die Straße, wo sie für sich selbst sorgen mußten. Früher oder später wurden diese Kinder von der polnischen oder deutschen Polizei aufgegriffen und wieder in das Ghetto gebracht, wo sie die ersten Anwärter bei der folgenden Deportation waren.

Geld war aber nicht das einzige Hindernis, wenn es darum ging, jüdische Kinder zu retten. Einige Kirchen und polnische Waisenhäuser waren bereit, eine begrenzte Anzahl von Kindern aufzunehmen. Sie verlangten dafür eine geringere Summe als jene polnischen Familien, für die die Unterbringung von Juden ein einträgliches Geschäft war. Aber die Vorbedingungen für die Aufnahme waren ein weiteres Hindernis, oft ein unüberwindbares.

Diese Einrichtungen waren nur bereit, Jungen oder Mädchen mit »gutem Aussehen« aufzunehmen. Damit war gemeint, daß die Kinder nicht jüdisch aussahen und die Jungen nicht beschnitten waren. Beschnitten zu sein war ein verräterisches Zeichen für jüdische Jungen. Es gab nur sehr wenige unbeschnittene Jungen im Ghetto. Diese Bedingung engte die Zahl der Kinder, die gerettet werden konnten, erheblich ein. Einige Kinder, die bereits den gefährlichen Weg aus dem Ghetto in die Einrichtung hinter sich hatten, wurden abgewiesen, weil sie die körperlichen Bedingungen nicht erfüllten. Sie wurden zurück ins Ghetto gebracht. Einer von ihnen war Ringelblums zehnjähriger Sohn.

Einige Kinder der Ghettos, die alleine oder mit ihren Eltern während der Deportations-Aktionen gefangen wurden, schafften es, aus dem Zug zu springen, der sie in eines der Vernichtungslager bringen sollte.

Entkamen die jungen Flüchtlinge den Kugeln der deutschen oder ukrainischen Wachen, die die Züge begleiteten, stand ihnen ein neuer Überlebenskampf in einer Welt voller Gefahren bevor.

Die kleine Margaret war eine der Glücklichen, deren Eltern den Völkermord überlebten und nach dem Krieg wieder mit ihr vereint waren. Viele jüdische Kinder, die in Familien oder Heimen untergekommen waren, die sich als Christen ausgegeben hatten oder sich als Schwarzhändler oder singende Bettler auf der arischen Seite durchgeschlagen hatten, sahen ihre Eltern nie wieder.

Als der Krieg beendet war und in den befreiten Gebieten jüdische Komitees entstanden, die sich um die Überlebenden kümmerten, ließen sie verbreiten, daß sie in der Lage seien, alle jüdischen Waisenkinder aufzunehmen und ihre polnischen Betreuer für die Unterbringung zu entschädigen. Mit Hilfe der Regierung und privater jüdischer Institutionen, hauptsächlich aus Amerika, wurden in den verschiedensten Teilen Polens Heime aufgemacht, in denen die Waisenkinder unter der Fürsorge engagierter Betreuer leben konnten.

Eines dieser Kinderheime stand in Pietroleslu in Unterschlesien. Es wurde nach dem berühmten Schriftsteller und Erzieher Janusz Korczak benannt, der im August 1942 zusammen mit 200 Mädchen und Jungen aus seinem Waisenhaus im Warschauer Ghetto in das Todeslager Treblinka deportiert worden war.

Unter den Kindern in Pietroleslu – vom winzigen Säugling bis zum Sechzehnjährigen – waren einige, die wie durch ein Wunder überlebt hatten: Kinder, die in den letzten Stunden des Kriegs vor der Verbrennung in Maidanek gerettet worden waren; oder der Transport, der sie in den Tod bringen sollte, war von der heranrückenden Roten Armee überholt worden. Die Fahrer und die SS-Wachen hatten ihre menschliche Fracht aufgegeben und waren geflüchtet.

Nicht jede Wiedervereinigung von Kindern und überlebenden Eltern verlief problemlos. Einigen polnischen Pflegefamilien waren die Kinder inzwischen so ans Herz gewachsen, daß sie diese im Glauben, die Eltern seien tot, adoptierten. Nach dem Krieg waren sie dann nicht bereit, die Kinder den zurückgekehrten Eltern wiederzugeben. Und dann gab es Fälle, in denen Kinder, die in christlicher und antisemitischer Atmosphäre aufgewachsen waren, sich jetzt weigerten anzuerkennen, daß sie Juden waren. Sie wiesen ihre jüdischen Eltern von sich. Dies galt vor allem dann, wenn die Kinder bei der Trennung noch sehr klein gewesen waren und kaum oder keine Erinnerungen an ihre Eltern hatten. Es gab Situationen, in denen in dramatischen Sitzungen die Gerichte entscheiden mußten, bevor die Kinder ihren richtigen Eltern zurückgegeben wurden.

Eine Geschichte, die aufgezeichnet wurde, ist der des kleinen David sehr ähnlich. Sie handelt von einem kleinen unbeschnittenen Jungen, der von einer jungen polnischen Familie aufgenommen wurde. Zum Schutz des Kindes und der Familie (und mit Zustimmung der jüdischen Eltern) wurde in der Presse bekanntgegeben, daß es ein Findelkind sei. Später wurde der Junge adoptiert.

Die Eltern überlebten den Krieg. Als sie kamen, um ihren Sohn, der inzwischen fünf Jahre alt war, zu sich zu nehmen, waren es nicht die Pflegeeltern, die sich weigerten, sondern das Kind. Der Junge beharrte darauf, daß das polnisches Ehepaar seine richtigen Eltern wären, und er wäre Pole und kein jüdisches Kind. Um den Schmerz der plötzlichen Trennung von den Menschen zu mildern, die er liebte und als seine richtigen Eltern ansah, war das polnische Paar damit einverstanden, bei den jüdischen Eltern mit einzuziehen und dort zu leben, bis sichtbar wurde, daß der Junge seine wahren Eltern angenommen hatte. Als der Junge anfing, die polnische Frau »Tante« und die jüdische »Mutter« zu nennen, wußten beide Paare, daß es Zeit war, sich zu trennen. Sie besuchten sich noch oft und blieben Freunde.

In dieser traurigen und grausamen Zeit war dies eine der ganz wenigen Geschichten mit einem guten Ende. Vielleicht endete auch so die Geschichte des kleinen David.

Yuri Suhl

Kennst Du die Frankfurter Rundschau schon?

Wer die Frankfurter Rundschau zwei Wochen kostenlos und unverbindlich lesen möchte, kann jetzt anrufen.

Telefon: 01 30 / 86 66 86

... FÜR DIE

Frankfurter Rundschau
Unabhängige Tageszeitung